Carola Clasen

Wenn die Eifel brennt

Bisher von der Autorin bei KBV erschienen:

Novembernebel
Das Fenster zum Zoo
Tot und begraben
Auszeit
Schwarze Schafe
Wildflug
Mord im Eifel-Express
Spiel mir das Lied vom Wind
Tote gehen nicht den Eifelsteig
Die Eifel sehen und sterben
Nirgendwo in der Eifel
Sechs in der Eifel
Atemnot
Eifelmädchen
Eifelmadonna

Seit 1998 schreibt **Carola Clasen** Kriminalromane, die in der Eifel spielen. *Wenn die Eifel brennt* ist ihr elfter Roman mit der eigenwilligen Kommissarin Sonja Senger. Auch mit ihren Kurzgeschichten und Lesungen hat Carola Clasen sich einen Namen in der Region gemacht. Die »Queen of Eifel-Crime« lebt und arbeitet in Köln.

Carola Clasen

Wenn die Eifel brennt

KBV

Originalausgabe

www.kbv-verlag.de
E-Mail: info@kbv-verlag.de
Telefon: 0 65 93 - 998 96-0
Fax: 0 65 93 - 998 96-20
Umschlaggestaltung: Ralf Kramp
unter Verwendung von: © robsonphoto - www.fotolia.de
Lektorat: Volker Maria Neumann, Köln
Druck: CPI books, Ebner & Spiegel GmbH, Ulm
Printed in Germany
ISBN 978-3-95441-439-0

Für R.B.

»Und wenn du aufwachst,
wirst du Teil einer neuen Welt sein.«
Haruki Murakami aus *Kafka am Strand*

Prolog

Am 12. Juni 2012, kurz vor Mitternacht, parkt Frank Wernecke in Wolfgarten vor der *Kermeterschänke.*

»Hier?«, fragt Marlies ihn skeptisch, als er die Beifahrertür aufreißt.

Das Restaurant ist geschlossen. Der Ort liegt in tiefem Frieden. Kein Mensch ist mitten in der Nacht unterwegs, in dieser kühlen Frühsommernacht. Der Wald steht am Horizont – schwarz und undurchdringlich. Sterne und Mond sind nicht zu sehen.

Sie findet es ein wenig gruselig und schaudert. »Was sollen wir hier?«

»Komm, komm, komm!«, ruft Frank und zieht sie aus dem Auto und hinter sich her durch den halben Ort. »Ich muss dir etwas zeigen.«

Seine Taschenlampe weist ihnen mit flackerndem Licht den Weg. Eine Überraschung hat er seiner Freundin versprochen. Er ist mindestens so aufgeregt wie sie.

Am Ortsrand stößt Frank ein Tor auf, und der Wald beginnt. Es wird noch dunkler und kühler. Sie stolpert über eine Wurzel, er fängt sie auf. Am Fuße des Feuerwachturms bleiben sie atemlos stehen.

Als er einen Fuß auf die erste Treppenstufe stellt, hält sie ihn zurück. »Da gehe ich nicht hoch.«

»Doch, bitte Marlies. Du musst!«

»Wozu?«

»Du wirst schon sehen. Wirst es nicht bereuen. Ich bin bei dir, was soll denn passieren?«

»Wenn du mir die schöne Aussicht zeigen willst, verzichte ich.«

»Nein, ich will dir etwas ganz anderes zeigen, bitte, Marlies, komm. Beeil dich, gleich ist es Mitternacht.«

Widerwillig folgt sie ihm, von einer Stufe zur anderen, von einer Plattform zur nächsten. Sie lässt sich ziehen. Sie keuchen. Ist das nicht eine Fledermaus, die da im Zickzackkurs umherirrt? Feuchtigkeit steigt aus den Bäumen auf. Bald sind sie in Höhe der Wipfel. Auf der fünften Plattform halten sie an.

»Und jetzt?«, fragt Marlies außer Atem. Sie friert und schwitzt zugleich und streicht sich das Haar aus der Stirn.

Er zieht sie an die Brüstung und richtet seine Taschenlampe auf einen der Balken. Kreisrund fällt das Licht auf ein frisch geschnitztes Herz mit den Initialen *M & F* und einem Datum: *13. Juni 2012.*

»Das ist ja … heute!«, ruft Marlies aus, halb erschrocken, halb erfreut.

Der Tag ist fünf Minuten alt.

Er lässt ihre Hand los und holt ein kleines Etui aus seiner Jackentasche. Er muss die Taschenlampe weglegen, um es öffnen zu können. Aber der Ring, der darin liegt, funkelt dennoch hell wie ein Stern.

Sie schlägt die Hände vor den Mund.

Er wartet noch einen Augenblick, dann sagt er: »Marlies, willst du meine Frau werden?«

Langsam lässt sie die Hände sinken und nickt lächelnd auf ihn herab, der auf die Knie gefallen ist. »Ja, Frank. Ja. Ja. Ja«, flüstert sie und legt eine Hand auf seinen Scheitel.

Ein Stein fällt ihm vom Herzen. Endlich kann er wieder frei atmen. »Für immer und ewig?«

»Für immer und ewig.«

»Was immer auch geschieht?«

»Was immer auch geschieht.«

»Bis dass der Tod uns scheidet?«

»Bis dass der Tod uns scheidet.«

Er steht auf und streift ihr den Ring über den zitternden Finger. Der Ring ist ein bisschen zu groß. Sie küssen sich, lange, machen mit seinem Smartphone Fotos von sich, dem Ring und dem geschnitzten Treueschwur im Holzbalken, fallen sich in die Arme, und übermütig im Kreise tanzend beginnen sie ihre Wünsche in die Nacht zu rufen, damit die ganze Eifel Zeugin ihres Versprechens wird:

»Ich will Kinder!

»Zwei!«

»Nein, drei!«

»Ein Haus!«

»Einen großen Garten!«

»Einen Hund!«

»Eine Katze!«

»Ein Pferd!«

»Eine Kuh!«

»Einen Esel«

Es ist die Nacht der Nächte.

MONTAG

1. Kapitel

Der 12. Juni 2017 war in Trier ein angenehm warmer Frühsommertag, der Himmel durchwachsen, eher blau als grau, kein Wind, nicht einmal eine leichte Brise. An den Touristenknotenpunkten wie der Porta Nigra, dem Dom St. Peter oder dem Frankenturm scharten sich Gruppen um die Stadtführer. In der Fußgängerzone quengelten Kinder an Elternhänden oder in Buggys, rasten auf Dreirädern oder Rollern umher, erschreckten Hunde an den Leinen, und Segway-Fahrer schlängelten sich durch die Menge, halsbrecherisch – eine Frage der Zeit, wann der Erste kopfüber auf das Pflaster schlagen würde. Bettler hockten in Mauerecken.

Restaurants und Eiscafés hatten ihre Sitzgruppen herausgestellt, viele der Korbstühle waren besetzt. Kellner brachten Waffeln, Kaffee, Schnitzel, Pommes und Wurst, und die Düfte vermischten sich mit aufsteigendem Zigarettenrauch zu einem Geruch, der an Kirmes erinnerte. Das erste Bier war schon gezapft.

Auch Musik lag in der Luft. Drehorgel, Gitarre, Akkordeon, Keyboard und klerikales Glockenläuten spielten um die Wette. CDs wurden von den Straßensängern in den Pausen angeboten. Manche Spaziergänger blieben stehen, hörten eine Weile zu und bummelten weiter, wenn ihnen die Einkaufstüten zu schwer wurden. Vereinzelt warfen Passanten Münzen in den Hut oder Korb, in dem stets ein paar Cent auffordernd blinkten.

Aber keine Musik klang wie diese: Eine temperamentvolle Truppe, Männer, Frauen, Kinder, ein Chor, a cappella – ohne Verstärker, ohne Mikrofon. Die Männer trugen rote T-Shirts, blaue Hosen und weiße Sneaker. Die Frauen blaue Kleider, rote Kopftücher und weiße Sandalen. Vom Frühjahr bis zum Herbst standen sie einmal in der Woche auf dem Hauptmarkt, an manchen Tagen umgeben von Marktständen. Ein idealer Platz im Schatten der Marktkirche St. Gangolf und dem plätschernden Brunnen, auf dem der Heiligenschein des Petrus in der Sonne golden blitzte.

Wenn man als Zuhörer in der ersten Reihe stand, erkannte man, dass die Sänger einander auf frappierende Weise ähnelten, als wären sie eine Großfamilie: Schwestern und Brüder, Väter und Mütter, Tanten und Onkel, Neffen und Nichten. Schwarze, dichte, lockige Haare hatten sie alle, vom Jüngsten bis zum Ältesten, olivfarbene, makellose Haut, große, dunkle Augen mit Wimpern lang wie Teppichfransen. Alle gesegnet mit vollen Lippen. Nur die Großeltern-Fraktion fehlte. Aber leicht konnte man sich vorstellen, dass diese in einem fernen Land ihren Ruhestand pflegte und von den Kindern und Kindeskindern liebevoll versorgt wurde.

In vier Reihen stand die Gruppe hintereinander, dem Alter und der Größe nach drapiert. Im Zentrum die

Frauen; Schönheiten, groß und schlank, die im Takt die Hüften schwangen, hinter ihnen die Männer mit ihren tiefen Stimmen, und vor ihnen die anrührenden Kleinen, die in die Sonne blinzelten, manchmal den Text vergaßen oder durcheinanderbrachten und nicht wussten, wohin mit ihrem Eifer oder ihrer Scheu.

Der Chor war schnell durchgezählt: Sechs Männer und acht Frauen sangen in einer Sprache, die man nicht ohne Weiteres verstand. Südeuropäisch klang es.

»Serbokroatisch ist das«, klärte ein Zuhörer ungefragt in einer Pause die Umstehenden auf. »Ich war 2008 in Kroatien. Hrvatska heißt das in der Landessprache. War ja früher alles Jugoslawien. Jetzt ist das ja Slowenien, Serbien, Montenegro …« Sein Vortrag ging in einem neuen Lied unter.

Es spielte auch keine Rolle, woher die Gruppe kam. Die Faszination lag nicht in der Sprache. Es waren die weichen, wehmütigen Melodien, die Rhythmen, die mitrissen, die große Kraft der vielen, klaren Chorstimmen. Die offenen, fröhlichen Gesichter erweckten den Eindruck, eine große, glückliche Familie vor sich zu haben.

Aber nur, wenn man das Mädchen in der zweiten Reihe übersah. Sie stand außen, mochte vielleicht zwölf Jahre alt sein und trug ein blaues Baumwollkleid mit Puffärmeln und einer weißen Stickerei auf der Brust. Ihre nackten Arme waren knochig und schienen zu lang geraten zu sein. Ihre dunklen Locken hatte sie mit einem roten Kopftuch gebändigt. Ihr ernster Blick unter den geraden Augenbrauen glitt umher, als könnte sie niemanden ansehen. Und es schien, als bewegte sie nur die Lippen.

Applaus.

Ein neues Lied. Die Zuhörer wiegten sich bereits im Rhythmus, summten und waren kurz davor zu schunkeln.

Plötzlich ein Ruf.

»Zigeuner sind das!«

Unruhe machte sich im Publikum breit. Drei Männer in der letzten Reihe. Einer mit Bierflasche, einer mit kariertem Hut, einer im Unterhemd. Sie trugen Shorts und an den Füßen Socken in Sandalen, ihre Gesichter glänzten, und einer hatte Haare an den Beinen und Armen so dicht wie ein Fell.

»Die leben hier von unseren Steuergeldern!

»Und stehlen alles, was nicht bei drei auf den Bäumen ist!«

»Die leben bei uns in Saus und Braus!«

»Und zählen jeden Abend ihr Geld!

»Zigeunerpack – raus aus Deutschland!«

»Ruhe«, mahnte eine zornige, ältere, mutige Frau. »Gehen Sie doch weiter, wenn es Ihnen nicht gefällt.«

»Halt die Fresse, Alte!«

»Also, das ist die Höhe!«

»Ich rufe die Polizei«, meinte ihr Mann und zückte sein Handy.

Die Gesangstruppe ignorierte den Tumult, setzte ihre Musik fort und schickte in der Pause die beiden Kleinsten mit einem alten Schlapphut herum. Mit treuherzigen Blicken sammelten sie Geld ein, ließen sich von älteren Damen über die Köpfe streicheln und nannten auf Nachfrage ihre Namen: Borko, der Junge, und Marina, das Mädchen.

»Und woher kommt ihr?«

»Aus Kroatien«, krähten sie im Chor.

»Hab ich doch gesagt!«, rief der Kenner stolz in die Runde.

In der letzten Reihe gerieten die beiden Kinder an die drei Männer, die ihnen den Hut aus den Händen rissen und sich das Kleingeld in die Hände schüttelten. Den leeren Hut stülpten sie Borko auf den Kopf.

»Schönen Gruß an deinen Vater, der soll sehen, dass er hier verschwindet!«

»Solche wie euch haben uns hier gerade noch gefehlt!«

Einer ließ seine leere Bierflasche vor Marinas Füße fallen. Ihre nackten Füße in den zerschlissenen Sandalen zuckten vor den umherspringenden Scherben zurück. Sie zog Borko hinter sich her an ihren Platz in der Gesangstruppe, brachte ein gequältes Lächeln zustande, während sie ihm den Hut vom Kopf nahm und ihre Hand auf seine Schultern legte.

Die herbeigerufene Fußstreife traf ein. Zwei Polizisten ließen sich den Sachverhalt vom Publikum erklären, nahmen die Daten der pöbelnden Männer auf und verscheuchten sie vom Marktplatz.

Ein neues Lied wurde angestimmt, als wäre nichts gewesen. Der Chor schien an Zwischenfälle wie diese gewöhnt zu sein. Nur das Mädchen in der zweiten Reihe sang nicht.

Ihr Platz war leer.

DIENSTAG

2. Kapitel

Endlich!«, fluchte Thommes, als sich die beiden Lichtkegel seinem Hof näherten und kurz darauf erloschen. Rumpelnd fuhr der weiße Transit heran. Der Motor wurde ausgeschaltet.

Kurz vor drei Uhr. Zwei Stunden zu spät.

Thommes hatte am Fenster gesessen und in die Dunkelheit hinausgestarrt. Es war ihm wie eine Ewigkeit vorgekommen. Das Ticken der alten Küchenuhr hatte ihn fast wahnsinnig gemacht. Schulze kam immer zu spät. Aber so spät wie heute war er noch nicht gewesen.

Thommes stolperte in den Flur und trat vor das Haus, als Schulze die Fahrertür öffnete. Der Geruch nach Dieselabgas lag in der feuchten Luft.

»Reifenpanne«, zischte Schulze, der Ein-Wort-Mann, und tippte sich an die Schlägerkappe.

»Reifenpanne?«, wiederholte Thommes leise. Und was war es nächstes Mal? Er würde Schulze gern eine Standpauke halten. Was fiel ihm ein? Wozu gab es Termine? Wozu gab es Handys? Auch wenn es in der Eifel nicht einfach war mit den Handynetzen, glaubte Schulze vielleicht, die Welt würde auf einen wie ihn warten? Aber Thommes wusste, dass jeder Vorwurf an Schulze abprallen würde. Er würde bloß die Arme in die Luft werfen und rufen: »Schicksal!«

Thommes schluckte seine Wut herunter, ging zum Stall, entriegelte das Tor und zog beide Torflügel auf, die über den buckligen, steinigen Boden schabten.

Schulze sprang vom Fahrersitz, ging in die Knie, reckte und streckte sich, ließ Schultern und Hals kreisen und schüttelte seine Beine aus, als hätte er vierundzwanzig Stunden hinterm Steuer gesessen.

»Rücken«, stieß er hervor.

»Rücken!«, knurrte Thommes leise. Und was war es nächstes Mal?

Schulze öffnete die beiden Türen zur Ladefläche, die bis auf den letzten Zentimeter mit unbeschrifteten, braunen Kartons zugestellt war. Er führte Daumen und Zeigefinger an die Lippen und schnalzte. »Spitzenware.«

»Das will ich hoffen.«

»Pa…na…sonic!«, verkündete Schulze, als hätte er Rohdiamanten geladen.

»TV, Stereo-Anlagen, Kameras, Smartphones oder was?«

»Alles«, fegte Schulze die Frage hinweg und hielt Thommes den Lieferschein unter die Nase.

Gut, dachte Thommes, Panasonic ließ sich einwandfrei verkaufen. Früher war Schulze oft mit No-Name-Ware gekommen, die Thommes kaum loswurde. Fast hätte er Schulze sein Zuspätkommen verziehen, wenn der sich nicht gerade auf einen Mauervorsprung fallen gelassen hätte, um erst einmal in Ruhe eine zu rauchen.

»Nix da! Rauchen kannst du später. Pack an!«

Schulze steckte seufzend sein Zigarettenpäckchen in die Hemdtasche zurück und knurrte: »Sklaventreiber.«

Der Stall war vom Sockel bis zu einer Fensterreihe aus Backstein gemauert, das obere Drittel und der Giebel waren mit Holz verschalt, das Dach mit Teerpappe gedeckt.

Thommes' Eltern hatten Kühe gehabt. Zwanzig Stück zu ihrer besten Zeit, links zehn, rechts zehn, so hatten sie in zwei Reihen vor dem langen Futtertrog gestanden, im Winter und in der Nacht, tagsüber wurden sie auf die angrenzende Weide getrieben. Aber nach dem Tod der Eltern – erst starb der Vater an Überarbeitung, wie alle sagten, dann zwei Jahre zuvor die Mutter an gebrochenem Herzen, wie alle sagten – hatte Thommes, der einzige Sohn, die Kühe bald verkauft und den Erlös in sein Start-up gesteckt, das in kein Handelsregister eingetragen war. ELETHO mit Sitz in Köln. Den nach Gülle stinkenden Stall hatte er von einer Fachfirma reinigen und die Viehtröge abreißen lassen. Und so war ein astreiner Lagerraum entstanden von etwa 300 Quadratmetern.

Allein einen kleinen Nebenraum, der linker Hand neben dem Eingang über einen schmalen Gang durch einen niedrigen Türsturz zu erreichen war, ließ er, wie er war. Die Tür stand immer offen und war völlig verzogen, das Schloss verrostet, der große Bartschlüssel verbogen. In diesem Raum war früher die eine oder andere erkrankte Kuh separiert worden, bis der Tierarzt kam und versicherte, dass sie nicht an einer ansteckenden Krankheit leide. Ein kurzer Trog, zwei Ringe, eingelassen in die gemauerten Wände, an denen rostige Ketten baumelten, ein Wasserhahn über einem Gitterrost und einem Ablauf. Darauf stand noch der alte Zinkeimer, der früher den Kühen hingestellt wurde. An der hinteren Wand war ein längliches Fenster aus Milchglas eingebaut. Es war nicht vergittert, lag aber fast unerreichbar hoch.

Thommes hatte keine guten Erinnerungen an diesen Raum. Für ihn war es das Beste, wenn er so tat, als gäbe es ihn nicht.

Thommes wollte sein Geld leichter verdienen als seine Eltern es hatten tun müssen. Und viel sollte es sein. Sehr viel. Er wollte sich ein schönes Leben machen, ein dickes Auto fahren, eine tolle Frau haben, in den Urlaub fliegen. Das Auto hatte er inzwischen. Einen Mercedes, schwarz-metallic, ein Kombi wegen der Geschäfte. Er stand stets gewaschen und poliert im Carport. Das erledigte Thommes sanft und zart per Hand. An den Wagen ließ er keine Waschstraße. Auf den Malediven war Thommes auch schon zweimal gewesen, hatte dort unter Palmen Cocktails geschlürft und sich von samthäutigen Schönheiten den Schweiß von der Stirn abtupfen lassen. *All inclusive*. Inklusive Frauen.

Eine Frau fürs Leben hatte er noch nicht finden können. Thommes war Anfang vierzig und eigentlich eine gute Partie. Aber die meisten Frauen, die er kennenlernte, waren ihm zu groß, zu stark, zu selbstsicher, zu fordernd – Weiber eben. Er bevorzugte die sanften, scheuen, nachgiebigen, die sich nicht zu schade waren, ihn zu verwöhnen und ihm jeden Wunsch erfüllten. Aber es eilte auch nicht.

Ehe sein Geschäft richtig angelaufen war, hatte es auch eine Weile gedauert. Nicht einfach war es gewesen, die richtigen Leute kennenzulernen. Oft musste er sich die Nächte im Milieu um die Ohren schlagen, in Kneipen, dunklen Gassen, auf Hinterhöfen und verlassenen Parkplätzen herumtreiben. Auf einer Autobahnraststätte war er eines Tages auf Richy gestoßen.

Richy hatte »Konnäkschens« und war auf der Suche nach einem neuen, zuverlässigen Partner, der alte war »verschwunden«, wie er es nannte. Richys Erfolgsgeheimnis war: Nur drei Männer durften in das Geschäft eingeweiht sein. Abschnittsweise. Jeder wusste nur das unbedingt Nötige in seinem Arbeitsbereich. Thommes wusste nicht, woher die Ware kam, Richy und Schulze wussten nicht, wohin die Ware ging.

Seit einem knappen Jahr handelte Thommes nun mit hochwertigen Elektroartikeln, die Richy von irgendwoher besorgte, und die ihm Schulze lieferte. Typenschild, Namenszug, Preisetikett, Gebrauchsanweisung, Garantie und vor allem der Lieferschein – alles war vorhanden und konnte jeder Überprüfung standhalten. Kleine Meisterwerke jedes für sich. Von der Motorsäge bis zum Smartphone. Von Thommes' Stall aus wanderten die Geräte auf Flohmärkte und über ein Konto bei *eBay* hinaus in die Welt.

Der Umsatz war beträchtlich, der Gewinn angemessen, aber geschenkt war das Geld nicht. Schulze war zum Beispiel eines der Probleme. Thommes konnte erst ruhig durchatmen, wenn die Ware auf seinem Hof umgeladen und Schulze wieder abgehauen war, ohne dass irgendjemand die Transaktion bemerkt und sein Mercedes keinen Kratzer abbekommen hatte. Das Kennzeichen von Schulzes weißem Transit sah Thommes am liebsten von hinten. Es war jedes Mal ein anderes.

Auf den ersten Blick lagerten in Thommes' Stall nichts als Strohballen, vom Betonboden bis hinauf zum Giebel. Frei war nur der Eingangsbereich, in dem die Ware bei der Lieferung vorübergehend abgestellt und einen Tag später von einem anderen Fahrer abgeholt wurde … wie Schulze glaubte.

Aber so war es nicht.

Nach einer Lieferung räumte Thommes am nächsten Morgen bei Tageslicht die Kartons in Ruhe an den für sie vorgesehenen Platz. Er allein wusste, dass die Strohballen nur Fassade waren. Potemkin'sche Dörfer nannte man so etwas, hatte er in seinem geliebten TV-Quiz *Wer weiß denn so etwas?* dazugelernt.

Strohballenwände teilten den Stall in sieben Räume auf. Um einen Raum aufrecht gehend betreten zu können, musste Thommes eine Tür aus vier Strohballen hervorziehen, während eine Holzbohle als Türsturz den Totaleinsturz verhinderte. Die Ware in den Räumen war nach Eingang sortiert. Sie musste gut abgehangen sein, ehe sie in den Verkauf kam.

Thommes stellte den ersten Karton der neuen Lieferung im Eingangsbereich ab. Auf dem Rückweg kam ihm Schulze entgegen, der über ein Grasbüschel stolperte, gegen das Stalltor rempelte und leise fluchte. So gingen sie hin und her, hinein mit und hinaus ohne Karton, Schulze und Thommes. In einem beständigen

Rhythmus trafen sie sich auf halber Strecke, ohne ein Wort zu wechseln, hin und her, bis der Transit leergeräumt war.

Aber nicht in dieser Nacht.

Denn plötzlich erfüllte ein Rauschen die Luft, als wäre in der Nähe eine Gasleitung geplatzt. Ein gelbes Licht loderte am Himmel auf, als stünde der Wald in Flammen. Krachend brachen Teile des Turmes, Balken, Bretter, Pfosten, herab und stürzten in die Tiefe, schwarz-gelber Rauch quoll über die Baumwipfel empor und eine Bö trieb Brandgeruch herüber.

Schulze ließ einen Karton fallen.

»Der Feuerwachturm«, sagte Thommes tonlos und blieb mit offenem Mund stehen. Sein Hof lag nur knapp fünfhundert Meter davon entfernt am nördlichen Ortsrand.

»Feuerwehr!«, stieß Schulze, der Ein-Wort-Mann, hervor und zückte sein Handy.

»Untersteh dich.« Thommes stieß ihm den Ellbogen in die Seite. »Das müssen andere machen. Los! Beeil dich.«

Ein Blick auf die Uhr. Es war 3.29 Uhr, und es waren nicht mehr viele Kartons übrig, die sie im Laufschritt, begleitet vom durchdringenden Signalhorn der Feuerwehr und dem zuckenden Blaulicht der Polizei, in den Stall trugen und hastig hineinwarfen, unterdessen Thommes das Großfeuer nicht aus den Augen ließ. Ein alter, maroder Turm, außer Betrieb, nur noch ein Aussichtsturm – wie konnte es sein, dass der plötzlich brannte?

»Du kannst jetzt auf keinen Fall fahren«, sagte Thommes, als die Ladefläche des Transit endlich leergeräumt war. »Da draußen wimmelt es von Polizei.«

»Logisch.«

Thommes wollte Schulze nicht im Haus haben. Er traute ihm nicht über den Weg. »Bleib einfach im Auto, bis es hell wird.«

»Okay.«

»Brauchst du eine Decke?«

Schulze schüttelte den Kopf.

Es war in diesem Moment, dass Thommes glaubte, irgendetwas aus dem Schatten des Transit in Richtung Stall vorüberhuschen zu sehen. Nicht viel größer als ein Tier, das in Panik Schutz vor dem Feuer suchte. »Hast du das gesehen?«, fragte er.

Schulze schaute sich suchend um. »Nee?«

»Hallo!?«, rief Thommes in den Stall hinein und horchte. »Ist da jemand?«

Kein Rascheln, kein Atmen, kein Knistern.

»Gespenster«, nuschelte Schulze.

Vielleicht, dachte Thommes, oder ein Fuchs, eine Wildkatze. Er schloss das Riegelschloss am Tor und steckte den Schlüssel in seine Hosentasche.

»Knete«, sagte Schulze hinter ihm.

Thommes zog ein Bündel Hunderter aus der anderen Hosentasche, aber dann hielt er inne, überlegte kurz und steckte sie wieder weg. »Das Geld kriegst du morgen früh.«

»Wieso?«

»Ist so.«

Murrend kletterte Schulze in den Laderaum und baute sich aus einem Knäuel Arbeitsdecken ein Lager.

Thommes hörte das Klacken eines Feuerzeuges. »Geraucht wird da drin nicht, klar?«

»Wieso?

»Ein Feuer reicht.«

Schulze kicherte. Thommes schob die Türen zu.

»Nacht!«, rief Schulze aus dem Inneren und seine Stimme klang hohl.

»Mach keinen Scheiß!«

Wie ein Stein fiel Thommes nach dieser Aktion in sein Bett und schlief tief und fest, als wäre er tot oder ohnmächtig. Aber schon eine Stunde später schreckte er schweißgebadet wieder auf und horchte in die Stille seines Schlafzimmers hinein. Immer noch kreisten Polizei und Feuerwehr in allernächster Nähe – Geräusche und Lichter, die war Thommes in seiner bäuerlichen Einsamkeit nicht gewohnt. Und die waren auch nicht gut für ihn und sein Geschäft.

Als er ans Fenster stolperte, sah er unten im Hof den Transit vor dem Stalltor stehen. Weiß schimmerte das Autodach mit Schulze darunter, der nicht fahren würde, ehe er sein Geld hatte. Thommes schob sich eine Haarsträhne aus der Stirn und ließ sich wieder auf sein Bett fallen. Weich sank er in die Matratze, knarrend gab der Holzrahmen nach, bis er gegen die Kartons stieß, die darunter gestapelt waren.

»Kartons, Kartons, überall Kartons, Scheiß Kartons!«, fluchte er. Er hatte zurzeit einen Bestand, der sich sehen lassen konnte.

Gerade jetzt. Was, wenn die Polizei auf der Suche nach Spuren und Zeugen bis zu seinem Hof kam, den Transit fand, Schulze fand, das Warenlager entdeckte? Sie würden ihn hopsnehmen. Aus der Traum.

Das Auto musste weg. Schulze musste weg.

Mit Adiletten und einer Jogginghose über dem Schlafanzug verließ Thommes das Haus, sah sich misstrauisch um, entdeckte nichts, was er nicht vom Fenster aus schon gesehen hatte: Feuerglut, Blaulicht, weißes Flutlicht. Hinzu kamen die Stimmen der Einsatzkräfte, weil der Wind ungünstig stand. Oder günstig. Wie man es nahm. Mit großen Schritten lief er über den Hof und klopfte gegen die Seitenwand des Transit, ehe er die Tür zur Ladefläche aufriss.

»Hey!«, flüsterte er zischend.

Schulze schnarchte wie ein Wildschwein, im Laderaum stank es wie in einem Pumakäfig. Thommes zerrte an Schulzes Füßen, die unter der Arbeitsdecke hervorguckten. Dicke Socken, große Löcher, schwarze Zehennägel.

Schulze knurrte.

»Raus hier!«

»Hä?« Schulze fuhr hoch, stützte sich auf den Ellbogen ab und kniff ein Auge zu. »Es ist mitten in der Nacht. Bist du bekloppt?« Das waren viele Worte auf einmal für einen wie Schulze.

»Du kannst im Stall schlafen.«

»Das fällt dir aber früh ein.« Er war geradezu redselig, mitten in der Nacht.

»Raus habe ich gesagt! Aber dalli!««

»Ja, ja.« Schulze knüllte die Arbeitsdecke vor seinem Bauch zusammen und kroch auf allen vieren von der Ladefläche. Als er neben Thommes stand, schwankte er. Er roch nach Alkohol. Er musste einen Vorrat im Transit haben.

Thommes schob ihn vor sich her in Richtung Stall. Schulze stolperte über einen Zipfel der Arbeitsdecke und fluchte.

Thommes boxte ihm in den Rücken. »Los, rein mit dir.«

Linker Hand über den schmalen Gang schob Thommes den torkelnden Schulze durch den niedrigen Türsturz in den Nebenraum. Durch das Fenster aus Milchglas flackerte rotes Licht und verwandelte den Raum in eine verlassene, staubige Bar.

Alles war anders in dieser Nacht, nur weil irgendein Idiot den Feuerwachturm in Brand gesetzt hatte, fluchte Thommes in sich hinein, ausgerechnet heute. »Hier pack dich hin!« Er zeigte auf die freie Stelle neben dem Trog.

Schulze zögerte nicht lange, wickelte sich in die Arbeitsdecke ein und ließ sich auf den Boden rollen.

»Nacht!«, wünschte Thommes und blickte auf ihn runter.

»Hm«, brummte Schulze.

»Morgen früh gibt's Geld.«

Thommes wandte sich ab und wollte sich gerade davonmachen, als er mitten im Schritt erstarrte und den Atem anhielt. Er richtete seine Ohren aus wie Antennen. Hatte er richtig gehört? War da nicht ein kleines, leises, zartes Summen? Hier im Stall? Er schlug sich auf die Ohren – und das Summen war weg. Insekten mussten das gewesen sein. Oder hatte Schulze etwa gesummt?

Thommes schloss ab und steckte den Schlüssel ein.

Eine vergammelte, dunkelgrüne Abdeckplane, die zum Schutz vor Regen über verrostetem Werkzeug neben dem Stall lag, warf er zur Tarnung über den Transit. Sie bedeckte ihn nicht ganz.

Danach sah er zu, dass er ins Bett kam. Was für eine Nacht! Noch nie hatte ihn jemand bei seinen Lieferungen gestört. Kein Mensch, kein Tier, schon gar nicht ein Feuer! Aber von jetzt ab würde er immer daran denken müssen. Er war ein gebranntes Kind.

3. Kapitel

Thommes wachte auf, weil jemand gegen die Haustür hämmerte, Glas klirrte. Er fuhr hoch. Wer konnte das sein? Außer Frau Heckel bekam er keinen Besuch. Und die kam immer erst gegen Mittag, um ihm etwas Warmes zu essen zu bringen. Frau Heckel war mit seiner Mutter befreundet gewesen und kochte manchmal für ihn mit. Sie wohnte fünf Häuser weiter und sagte jedes Mal: »Das mache ich nur für deine Mutter.« Zum Ausgleich half Thommes ihr manchmal, schwere Dinge wie Blumenkübel von A nach B zu tragen, oder Kartoffeln aus dem Keller zu holen. Sie wechselten dabei nichtssagende Worte übers Wetter und ihre Krankheiten. In sein Haus ließ er sie nie. Den Schlüssel, den sie fürs Wohnhaus hatte, hatte sie ihm nach Mutters Tod auf seine Bitte hin zurückgegeben.

Weißliches Sonnenlicht schien auf das Fußende seines Bettes. Trotz des geschlossenen Fensters hörte er Vogelgezwitscher. Thommes' Schädel brummte wie nach einer durchzechten Nacht. Aber er konnte sich an keine Party erinnern.

Hämmern. Glasklirren.

Thommes stolperte die Treppe hinunter und sah schon durch den Glasausschnitt der Haustür, wer da stand. Damit kam er wieder in der Wirklichkeit an: die Lieferung, die Feuersbrunst, Schulze, der im Stall über Nacht bleiben sollte.

Schulze lehnte im Türrahmen und streckte ihm seine Handfläche entgegen. »Geld.« Auf seinen Wangen wuchs ein Stoppelbart, er stank aus dem Mund und seine Haare standen zu Berge. Aber wahrscheinlich, dachte Thommes, sah er selbst auch nicht besser aus.

Er warf einen Blick über Schulze hinweg. Friede, die Ruhe nach dem Sturm, nein, nach dem Feuer. Keine Polizei, keine Feuerwehr, keine Sirenen, kein Blaulicht. Der Spuk war vorbei. Alles war gut. Der Weg war frei, er konnte Schulze ziehen lassen. Die Abdeckplane hatte er schon vom Transit gezogen und achtlos beiseite geworfen.

Aber wie war er aus dem Stall herausgekommen?

Thommes' Blicke flogen von Schulze zum Stall und wieder zurück. Er hatte den Stall doch verriegelt und abgeschlossen. Er zog die Stirn in Falten und ließ die Kinnlade herunterfallen. Es gab ein Leck im System.

»Wie bist du raus?«

»Fenster.«

Thommes schlug sich gegen die Stirn. Im Nebenraum, wo Schulze geschlafen hatte, gab es doch das Fenster. Schulze musste hochgeklettert sein. Es musste noch offen stehen.

»Geld«, knurrte Schulze wieder und streckte Thommes eine schwielige Handfläche entgegen.

»Moment.« Thommes trat in die Küche zurück, wo er gestern Abend seine Hose über einen Stuhl geworfen hatte. Zusammen mit dem blauen Arbeitshemd, dem Unterhemd und den Socken. Er zog das Bündel grüner Hunderter aus der Hosentasche. »Zähl nach«, brummte er, als das Geld in Schulzes Hand wanderte.

Schulze leckte an Daumen und Zeigefinger und begann zu blättern, seine Lippen bewegten sich, er verzählte sich und begann wieder von vorn. Zum Schluss sagte er. »Stimmt.«

»Fahr nicht Richtung Gemünd, klar?«

»Hä?«

»Fahr Richtung Heimbach, klar?«

»Okay.«

Lass dich nicht erwischen, hätte er am liebsten noch hinzugefügt. Es war eine zivile Uhrzeit und ihre Geschäfte waren gut eingefädelt. Thommes wusste, dass Richy Schulze eingebläut hatte, was er zu sagen hatte, wenn er angehalten wurde: Auch wenn niemand von den dreien jemals daran gedacht hatte, dass eines Tages der Feuerwachturm lichterloh brennen würde, war alles wasserdicht. Sie waren Profis.

Kaum war Schulze außer Sichtweite, breitete Thommes die Abdeckplane wieder über dem Werkzeug aus und kehrte mit dem Straßenbesen die Reifenspuren weg, die der Transit auf dem staubtrockenen Boden seines Hofes hinterlassen hatte. Nur wenige Häuser standen auf der Bertholdstraße, die sich so durch Wolfgarten schlängelte, dass vom Nachbar höchstens der Dachgiebel zu sehen war, Thommes' Haus war das letzte. Auch auf der geteerten Zufahrt zur Landstraße, der L 249, beseitigte er die Spuren aus Staub. Das, nahm er sich vor, würde er in Zukunft immer so machen. Sicherheitshalber.

Danach räumte Thommes die neue Ware, die er zusammen mit Schulze in der letzten Nacht in den Wareneingangsbereich des Stalls geworfen hatte, an ihren Platz. Raum sieben war heute an der Reihe. Thommes geriet ins Schwitzen und Schnaufen, als er die großen, unbeschrifteten Transportkartons aufschnitt und ihnen die einzelnen »Originalkartons« entnahm und übereinanderstapelte. Schulze hatte nicht übertrieben. Das war wirklich erstklassige Ware, die er da geliefert hatte. Auf Richy war eben Verlass.

Die leeren Transportkartons faltete Thommes und lehnte sie gegen die Wand. Er würde sie für den späteren Versand weiterverwenden, aus einem Karton ließen sich viele kleinere basteln. Das war keine Lösung, um Geld einzusparen, sondern um auffällige Mengen an Papierabfall zu vermeiden.

Zum Schluss schob Thommes die vier Strohballen wieder in den Türeingang und wischte sich den Schweiß von der Stirn. Er schnaubte in sein Taschentuch und stopfte es in die Jogginghose.

Und dann war da plötzlich wieder dieses Summen. Zart und klein und leise. Verdammt! Thommes strengte sich an, aber er konnte es nicht orten. Er rieb sich die Ohren – und es war verstummt. Scheiß Insekten! Er stapfte fluchend davon.

Jetzt hatte er sich eine Wellnessbehandlung redlich verdient.

Für viel Geld hatte er sich im Obergeschoss ein extra feines Bad einrichten lassen – dort, wo es früher nur moosgrüne Fliesen, ein kleines, angeschlagenes Waschbecken und eine fleckige Badewanne mit einem überdimensionalen, runden Boiler gegeben hatte, den man stundenlang vorheizen musste, ehe man ein Band nehmen konnte. Diese Zeiten waren vorbei. Schade nur, dass seine Mutter das nicht mehr erlebt hatte. Sie hätte sich eben früher von ihren dämlichen Kühen verabschieden müssen, oft genug hatte Thommes ihr das ans Herz gelegt. Aber nein, einmal Kühe, immer Kühe. Thommes hatte sie gehasst. Ihren Geruch, ihre vorstehenden Augen, ihre feuchten Mäuler. Und die Euter anzufassen, war ihm ein Gräuel gewesen. Einmal hatte er die Geburt eines Kälbchens erlebt und sich danach geschworen, dass er keine Kinder haben wollte.

Thommes aalte sich in seiner fünfeckigen Whirlpoolwanne unter einer dicken Schaumschicht, sog den verführerischen Duft ein, und das angenehm warme Blubbern ließ seinen Körper zur Ruhe kommen. Als er später unter der Regendusche stand und die Massage-Anlage einschaltete, fiel ihm das Fenster im Nebenraum wieder ein. Er hatte schon wieder vergessen, es zu schließen.

Beim Abtrocknen bewunderte er im deckenhohen Spiegel seinen Körper. Seinen Alabasterkörper, wie er gern sagte. Warum standen die netten Frauen nur auf braun gebrannte, durchtrainierte Six-Pack-Männer? Das würde er nie verstehen.

Mit nass glänzendem Haar schlürfte Thommes beim späten Frühstück süßen, schwarzen Kaffee, vertilgte ein Omelett aus sechs Eiern mit Speck und Schnittlauch und eine dicke Scheibe Bauernbrot mit Butter und rohem Schinken. Nebenbei studierte er den Lieferschein.

Danach setzte er sich im Wohnzimmer an seinen Rechner, erledigte seine Post und begann anhand des Lieferscheines, die neue Ware mit Artikelnummern in seinen Warenbestand einzupflegen.

Mühselig war es, mit seinen dicken Bauernfingern auf der Tastatur die richtigen Buchstaben und Zahlen zu finden und dabei durch seine neue Lesebrille zu linsen, um nicht die Reihen und Spalten zu verlieren. Später musste er noch Fotos einstellen. Wenn er im Netz keine fand, die er kostenfrei herunterladen konnte, musste er sie selbst machen. Hochglanz ohne Staub und Strohhalme. Dafür war neben der neuen Wohnlandschaft aus camelfarbenem Büffelleder ein Tisch mit einem schwarzen Samttuch und professionell eingestellter Beleuchtung hergerichtet, mit einer Kamera auf Stativ.

Beim Anblick der Preisspanne zwischen Ein- und Verkauf rieselte ein wohliges Glücksgefühl durch Thommes' sauberen Alabasterkörper, das ihn dazu verleitete, noch ein bisschen höher im Preis zu gehen, noch einen Zehner draufzupacken, noch einen Zwanziger mehr, mal sehen, was die Leute zu zahlen bereit waren. Runtergehen konnte er immer noch.

Berauscht vom wachsenden Vermögen, dachte Thommes gerade über eine erotisch klingende Beschreibung für einen Damenrasierapparat mit Dreifachklinge nach und schaute dabei sinnend in den Garten, als er seinen Augen nicht traute.

Da stand ein fremder Mann! Wie war das möglich?

Thommes war fassungslos und sprang auf.

Rotes T-Shirt, blaue Hose, weiße Schuhe, braun gebrannt, als käme er geradewegs von den Malediven. Und Haare bis auf die Schultern, so schwarz und wirr wie die Nacht. Und höchstens zwanzig Jahre alt war dieser Mensch. Dieser Flegel. Dieser ... Fremde ... dieser Ausländer! Und das auf Thommes' Grund und Boden!

Der Mann rief etwas.

Thommes riss die Terrassentür auf. »Was willst du hier? Hau gefälligst ab, das ist Privatgelände. Sonst ...« Er dachte an das Gewehr im Garderobenschrank in der Diele. Das alte Jagdgewehr seines Vaters. Er wusste nicht, ob es noch funktionierte, aber es würde Eindruck machen, wenn er es vor sich hielt. Aber das schien nicht nötig zu sein.

Der junge Mann knallte die Hacken aneinander, legte die Hände an die Naht seiner Jeans und machte – einen Diener. So stramm, dass seine Haare flogen.

Thommes trat auf die Terrasse und stemmte die Hände in die Hüften. Das hier war alles seins. Und dieser Mann war ein Nichts und ein Niemand. Da nützte ihm sein Diener wenig. Und ein Hänfling war er obendrein. Thommes hätte die Rippen unter seinem T-Shirt zählen können.

»Was willst du hier?« Thommes duzte nicht jedermann, aber Fremde auf seinem Grundstück sehr wohl.

Der Mann schob die Hand in seinen Gürtel und zog ... Thommes erstarrte kurz ... ein kleines, gefaltetes Blatt Papier hervor. Ein Foto, und er hielt es in die Höhe. Thommes konnte nichts darauf erkennen.

»Vesna«, rief der Mann und zeigte mit dem Finger der anderen Hand darauf. »Sie ist meine Schwester.«

»Na und?«, bellte Thommes. Von ihm aus konnte der Typ so viele Schwestern haben, wie er wollte. Was hatte er damit zu schaffen?

Der Mann trat einen Schritt auf ihn zu.

»Stehenbleiben!«

Der Mann gehorchte. »Haben Sie sie gesehen?«, rief er.

Thommes schüttelte den Kopf. Und selbst wenn, der Mann war nicht von hier. Der konnte kein richtiges Deutsch. Der war von Gott weiß woher. Vielleicht ein Flüchtling. So einer hatte ihm hier gerade noch gefehlt.

»Bitte sehen Sie sich das Foto an!«, flehte der Mann und wedelte mit dem Foto.

Es war die reine Neugier, als Thommes sich dem Mann bis auf drei Schritte näherte, vorbeugte, um mit spitzen Fingern nach dem Foto zu langen, ohne die Hand des Mannes zu berühren. Er betrachtete das Foto mit dem einen, den Mann mit dem anderen Auge. Vielleicht war das nur ein mieser Trick.

Das Foto zeigte ein Mädchen, zwölf oder vierzehn Jahre alt. Genauso dünn wie der Fremde in Thommes' Garten. Genauso braungebrannt. Sie lächelte nicht, sondern blinzelte mit zusammengepressten Lippen ängstlich in die Kamera. Sie war hübsch auf eine besondere Art. Sie trug ein blaues Kleid mit Puffärmeln und einer weißen Stickerei und weiße Sandalen an den nackten Füßen. Ihre schwarzen, lockigen Haare reichten bis zu den hageren Schultern und sie trug ein rotes Kopftuch, als wäre sie einem Märchen entsprungen.

»Nix gesehen.« Thommes reichte dem Mann das Foto zurück. »Und jetzt ab hier!«

Der Fremde ließ seine Blicke über das Gebäude wandern. »Vesna!«, schrie er plötzlich. »Vesna! Vesna! Vesna!«

»Schrei hier nicht alles zusammen. Hau ab, hab ich gesagt! Deine Schwester ist nicht hier.«

Der Mann zeigte auf sein Smartphone. »Aber sie muss hier sein!«

»Ist sie aber nicht, und nun sieh zu, dass du hier wegkommst.«

Der Mann schrie hartnäckig nach seiner Schwester.

»Verschwinde, sonst …«, Thommes fegte ihn mit einer Handbewegung in die Ferne. »Sonst rufe ich die Polizei.«

Der Mann hob erschrocken die Hände. »Keine Polizei«, stieß er hervor.

Aha, dachte Thommes, hab ich es mir gedacht, du hast also Dreck am Stecken. Was hast du angestellt? Autos geklaut? Und deine Schwester vorgeschickt? Ja, Junge, da sieh mal zu, wie du da wieder rauskommst. »Polizei sage ich nur!«, rief Thommes, als wäre das ein Code. Zu mehr Erklärungen ließ er sich nicht herab. »Polizei!!«

»Entschuldigung. Bitte nicht.« Der Mann steckte das Foto wieder hinten in seinen Jeansgürtel und machte sich davon.

Thommes ging ihm nach, blieb am Carport stehen und wartete, bis der Fremde sein Grundstück verlassen und auf der Bertholdstraße hinter der ersten Kurve verschwunden war. Liebevoll strich er über seinen Mercedes. Die verfluchten Pollen hatten eine zartgelbe Schicht auf dem Lack hinterlassen. Aber ansonsten gab es keine Einbruchspuren.

Vesna, was war das überhaupt für ein Name?

Es dauerte eine Weile, ehe er sich beruhigt hatte und wieder auf seine Büroarbeit konzentrieren konnte. Immer wieder musste er von einem Fenster zum anderen laufen, um zu kontrollieren, ob der Fremde nicht zurückgekehrt war und sich seinen Mercedes schnappte. Die Schwester war garantiert nur ein Vorwand. Das war ja wohl klar. Als würde er hier ein Mädchen verstecken! Gerade er. Das hatte er wirklich nicht nötig.

Es war schon Nachmittag, als Thommes dazu kam, sich ein Essen in der Mikrowelle warm zu machen. Rinderbraten, Klöße und Rotkohl, von Frau Heckel, schon zum zweiten Mal. Mit einer Flasche Landbier zog er sich danach vor den Fernseher in seine Wohnlandschaft aus camelfarbenem Büffelleder zurück. Normalerweise schlief er ein, noch bevor die Flasche leer war, egal, was im Fernsehen lief: Nur nicht bei den Quizsendungen. Die sah er am liebsten und brachte mit ihnen seine Allgemeinbildung auf Vordermann, um beim nächsten Kontakt mit einer Frau glänzen und weltmännisch daherkommen zu können.

Als der Quizmaster die nervöse Frau fragte, wie der Sturm heiße, der 2007 über die Eifel hinweggefegt war, da brüllte er »Kyrill, du blöde Kuh! Das weiß doch jeder!«

Aber die Frau hörte nicht auf ihn, sondern zermarterte sich weiter das Hirn, und das machte Thommes wütend. Er sprang auf und lief zum Küchenfenster. Alles war ruhig. Kein Fremder. Kein Mensch überhaupt. Der Mercedes stand friedlich im Carport. War auch im Stall alles klar?

Nein! Er hatte das Fenster noch immer nicht geschlossen. Das nervige Summen der Insekten und der Fremde hatten ihn davon abgehalten.

Er wartete noch die Antwort auf die Frage ab: »Wie heißt die Hauptstadt von Mazedonien?«, ehe er sich auf den Weg in den Stall machte. Bei der Gelegenheit wollte er auch ein oder zwei Artikel mit in Haus nehmen, um sie zu fotografieren. »Skopje«, murmelte er vor sich. »Skopje. Das weiß doch jeder.« Da war es genau 16 Uhr.

Immer wenn er über den Hof ging, blickte er in den Himmel, so hatte es schon sein Vater getan. Bauern und das Wetter bildeten eine unheilvolle Symbiose. Am Horizont näherte sich eine durchgehend dunkle Wolkenschicht, es könnte regnen in dieser Nacht, wenn der Wind richtig stand. Kein Problem, das neue Dach auf dem Stall war dicht wie eine Babywindel.

Thommes öffnete das Riegelschloss und zwängte sich durch das Tor. Er zog die vier Strohballen vor Raum sieben hervor und richtete den Lichtkegel seiner Taschenlampe auf die Originalkartons. Er bückte sich und langte nach einem Smartphone, einem Tablet und einem Laptop, klemmte sich die Sachen unter den Arm und verbarrikadierte wieder den Zugang.

Plötzlich war es wieder da: zart und klein und leise, das Summen, keine Melodie, nur ein lang gezogener Ton, und dieses Mal glaubte Thommes zu ahnen, woher es kam. Auf Zehenspitzen näherte er sich dem Nebenraum.

Keine Insekten.

Verdammt! Ein Mädchen!

Mit dem Rücken zu Thommes kauerte sie auf dem Boden, hielt den Kopf gesenkt. Die angezogenen Beine hielt sie mit den Armen umfangen und wippte auf und ab. Sie trug ein blaues Kleid mit kurzen Ärmeln. Auf ihrem Rücken hingen Strohhalme, auch in ihren dunklen Locken, die sich unter einem roten Kopftuch hervorringelten. Ihre Füße steckten in Sandalen, die einmal weiß gewesen waren.

Das Fenster stand tatsächlich sperrangelweit offen. Der Flügel aus Milchglas lehnte an der Wand. Darunter hatte sich Schulze einen Strohballen als Stufe aufgestellt. Dieser bescheuerte Schulze, fluchte Thommes, setzte die drei Kartons ab, kletterte zum Fenster hoch, schob es zu und verriegelte es. Er zerpflückte den Strohballen und verstreute die Halme auf dem Boden, damit das Mädchen nicht auf den gleichen Gedanken kam wie Schulze, ehe er sicher wusste, was mit ihr los war.

»Hallo!?«, rief er.

Sie summte.

»Bist du Vesna?«

Summen.

Wenn das die Schwester des fremden Mannes war, hätte sie ihren Bruder bei offenem Fenster hören müssen, laut genug hatte er nach ihr gerufen. Warum war sie nicht herausgekommen?

War sie taub? Aber dann hätte er kaum nach ihr gerufen.

In Thommes' Kopf überschlugen sich die Gedanken. Was hatte dieses Mädchen alles gesehen? Schulze, den Transit, die Kartons? Wo war sie gewesen, als Schulze hier geschlafen hatte? Hatte sie das gesamte Warenlager entdeckt? Alles?

Nicht auszudenken. Dann hatte er eine Zeugin erster Klasse in seinem Stall sitzen. Zeugen waren nicht gut. Gar nicht gut. Zeugen mussten verschwinden. Und zwar ganz schnell.

Nicht, indem man sie verdursten ließ, das brachte selbst Thommes nicht übers Herz. Dem Mädchen war es sicher nicht gelungen, den mit Kalk und Rost versetzten Wasserhahn aufzudrehen. Für Thommes war es ein Leichtes. Gluckernd erschienen die ersten Tropfen, dann floss prustend ein braun-roter Schwall in den Abfluss. Ein leichter Uringeruch stieg auf. Mit dem ersten klaren Wasser reinigte er den Boden des Eimers. Zum Glück hatte sich kein Loch in den Boden gefressen.

Das Mädchen musste diese Geräusche hören, aber sie summte vor sich hin, als gäbe es keinen Thommes, der mit Wasser herumplätscherte, und keinen scheppernden Eimer.

Er ließ den Eimer zur Hälfte volllaufen. Dann tasteten seine Blicke die alte Holztür ab, die schief in der morschen Zarge hing und schon ewig nicht mehr benutzt worden war. Sie war verzogen, die Klinke eingerostet, der große Bartschlüssel verbogen. Da half nur Gewalt. Wozu hatte Thommes in einem Euskirchener Studio jahrelang Karate gemacht, wenn nicht für solche Fälle? Er trat hinaus auf den Gang, konzentrierte sich, fixierte die Tür wie einen Feind und spannte seine Muskeln an. Seine Arme wurden zu Eisenstangen, seine Hände zu Pflügen. Den begleitenden Kiai, den asiatischen Kampfschrei, verkniff er sich. Die Tür mit beiden Händen zu sich heranreißen, ins Schloss rammen, den Schlüssel mit einem Ruck herumdrehen, abziehen, einstecken, nachrütteln.

Thommes rieb sich die Hände, schüttelte sich und stieß die Luft aus. Er legte ein Ohr an die verzogenen Bretter der Tür. Sie musste taub sein. Ihr Summen kroch durch jede Ritze. Es begann ihm schon auf die Nerven zu gehen.

4. Kapitel

Einen Stoß in den Magen und einen Blick in ein Paar gelbe Augen, die mit den Ziffern des Weckers auf dem Nachttisch um die Wette leuchteten.

3.45 Uhr.

»Mistkerl!«, schimpfte Sonja Senger und wollte ihren Kater gerade davonjagen, als ihr auffiel, dass ihr Schlafzimmer hellrot erleuchtet war. Sirenen heulten. Blaue Signallichter zuckten. Schatten züngelten an den Wänden.

Sie sprang aus dem Bett und hob West auf die Fensterbank. Regenschauer, Staub und Pollen hatten eine milchig-schmierige Schicht auf den Scheiben hinterlassen. An den Sprossen siedelten Insektennester.

Aber nicht ihr Forsthaus verbrannte ihr unter den Füßen zu Asche, es war drüben am Waldrand der Feuerwachturm, der lichterloh in Flammen stand. Schwarz-gelbe Rußwolken stiegen in den Himmel auf.

Andächtig betrachteten Frau und Kater das Bild.

»Die Polizei hat die Brandermittlung aufgenommen«, klärte sie West auf. Er machte einen Buckel und fädelte seinen Schwanz zu einem Fragezeichen. Sie strich beruhigend über seinen Rücken. »Die Feuerwehr lässt den Turm kontrolliert abbrennen. Alles ist gut. Keine Sorge.«

Ihr Fernglas, mit dem sie sonst gern den Horizont nach Absonderlichkeiten absuchte, stand nicht weit. Sie zog sich einen Stuhl ans Fenster, kniete darauf, stützte die Ellbogen auf die Fensterbank und stellte die Linsen scharf. Das Feuer schien plötzlich zum Greifen nah; sie glaubte, die Hitze im Gesicht zu spüren und den Qualm zu riechen. Sonja zuckte zurück.

Gut, dass sie nicht mehr im Dienst war, sagte sie sich. Nicht die Wahrheit, nur eine Beschwörungsformel. Nichts wäre ihr lieber, als die Katastrophe selbst in Augenschein zu nehmen und mittendrin zu stehen. Jetzt, genau jetzt. 3.45 Uhr in der Nacht.

Ein brennender Feuerwachturm, das war unfassbar, das war wie ein gestohlener Wachhund.

1971 gebaut, hatte der Feuerwachturm schon lange dagestanden, als Sonja 2004 von Trier nach Wolfgarten gezogen war. Damals ragte er noch gut sichtbar über die Baumwipfel hinaus und war ein offizieller Beobachtungsposten für die frühzeitige Erkennung von Waldbränden. Aber inzwischen waren die Bäume einfach zu hoch gewachsen. Der Turm diente in den letzten Jahren nur noch als Aussichts- und Funkturm. Er war in die Jahre gekommen, marode und sanierungsbedürftig, und hätte in den nächsten Jahren sowieso abgerissen werden müssen.

Bei dem Brand mussten auch die Funkantennen zerstört worden sein, mit denen die Feuerwehren im Einzelfall von der Leitstelle aus alarmiert werden konnten.

Und trotzdem waren sie alle gekommen, die sozialen Netzwerke hatten es möglich gemacht.

Ein weiterer brennender Balken segelte krachend zu Boden. Funken stoben umher. Ein schrecklicher und schöner Anblick zugleich. Ein Farbenspiel.

Unzählige Male war Sonja Senger auf den Turm geklettert. 527 Meter über dem Meeresspiegel, 34 Meter hoch, 94 Stufen, sechs Plattformen, von denen die letzte aus technischen Gründen nicht zugänglich war. Einmal oben konnte man früher, als die Bäume noch nicht so hochgewachsen waren, bis nach Bonn schauen, an Silvester bei klarer Sicht das Feuerwerk in Düren sehen oder einfach nur dastehen und die Weite des Nationalparks bestaunen.

Allmählich und fast unmerklich schienen die Flammen kleiner zu werden, als wäre das Feuer erschöpft, es zog sich zurück, spielte nur noch mit der verkohlten Ruine, die Rußwolken lösten sich auf, die Sirenen verstummten.

Jetzt wurde der Brandort von einem grellen, weißen Licht geflutet, es sah aus, als wäre dort ein UFO gelandet. Vor ihrem geistigen Auge sah Sonja die Kollegen von der Spurensicherung im Unterholz herumstochern und jeden Zweig und jedes Blatt drehen und wenden, ein schrecklicher Job. Sisyphus ließ grüßen. Aber, ach, auch spannend wie nichts, weil jeden Augenblick die entscheidende Spur die Lage total verändern konnte.

Sonja seufzte, wandte sich vom Fenster ab und steuerte wieder ihr Bett an. »Wir haben es gut. Wir können weiterschlafen«, sagte sie zu West. »Wir sind nämlich von der Mordkommission.«

Aber von Weiterschlafen konnte keine Rede sein. Sonja war wach, überwach, und machte den Rest der Nacht kein Auge zu. Die Gedanken flatterten durch ihren Kopf wie ein Schwarm aufgescheuchter Vögel.

In den Morgenstunden hatte sich in ihr der Gedanke verfestigt, dass es sich nur um Brandstiftung handeln konnte. Es hatte kein Gewitter gegeben, Blitzschlag schied aus, denn es war nicht so eine sengende Hitze in den letzten Tagen gewesen, dass ein schwelender Waldbrand den hölzernen Turm hätte in Brand setzen können. Nein, nein, nein, ein vorsätzlich gelegter Brand war das gewesen. Gab es Verletzte? Tote?

Sie beneidete ihre Nachfolgerin, Kommissarin Frieda Stein, die Sonja drei Jahre zuvor auf ihrem Posten in der Mordkommission Euskirchen abgelöst hatte. Sie würde alles dafür geben, mit ihr tauschen zu können. Unruhig warf sie sich hin und her. Es war nicht zum Aushalten. Der Puls hämmerte hinter ihren Schläfen, heiße Hände, kalte Füße, ein Kloß im Magen. Ein Horrorszenario nach dem anderen breitete sich vor ihr aus.

Gegen acht Uhr, als das Sonnenlicht ins Schlafzimmer fiel, stieg Sonja in unauffällige Wanderkleidung. Topfhut, buntes Halstuch, grobe Strickjacke, Trekkinghose, knöchelhohe Stiefel, Stock. Sie kochte Kaffee und fütterte den Kater. Bevor sie das Forsthaus verließ, steckte sie noch zwei Schuhüberzieher ein, die sie aus ihrer aktiven Zeit als Hauptkommissarin in ihrem Fundus behalten hatte. Man konnte nie wissen.

Vielleicht konnte sie den Feuerwehrmännern oder den Polizeikollegen die Schaulustigen vom Hals halten, einen wertvollen Ratschlag geben oder eine Spur entdecken, die allen anderen entgangen war.

Sie kannte die Herren alle. Von früher.

Und die Herren kannten Sonja Senger. Von früher.

Über den Ziegenbendgesweg gelangte sie ins Dorf. Holunder, Linden und Rosen blühten und verströmten eine süße Duftmischung. Kleine, rot-grüne Äpfel hingen am Nachbarsbaum. Da mähte schon jemand, und da zupfte auch schon eine Frau das Unkraut aus ihrem Vorgarten. Die schmale Straße Am Merrchen schlängelte sich idyllisch durch den Ort bis zu einer scharfen Linkskurve. Dort stand ein Polizeiwagen, ein zweiter auf der kurzen Stichstraße ein dritter vor dem grünen Eisentor, dem Durchgang zum Nationalpark, ein vierter an der Kermeterstraße.

Beeindruckt von der polizeilichen Präsenz, marschierte Sonja so lange Am Merrchen auf und ab, bis eine Polizistin ausstieg. Sie war uniformiert, trug ein Funkgerät in der einen Hand, ein Smartphone in der anderen und einen blonden Pferdeschwanz auf ihrer Schulter. Ihr Kollege blieb hinter dem Steuer sitzen und spielte weiter mit seinem Smartphone.

»Suchen Sie etwas?, fragte die Polizistin.

»Ja, Frau Kommissarin Frieda Stein.«

»Was wollen Sie von ihr?«

»Das würde ich ihr gern selbst sagen.«

»Das hier ist ein Tatort. Ich muss Sie bitten weiterzugehen.«

»Ich weiß, es hat gebrannt heut Nacht. Ich bin eine Zeugin.«

Die Polizistin merkte auf. »Wo wohnen Sie denn?«

»Hier in Wolfgarten selbstverständlich.« Sonja zeigte vage in die Richtung, aus der sie gekommen war. »Am Ende vom Ziegenbendgesweg.«

»Was haben Sie denn gesehen?«

»Das Feuer, was denken Sie denn? Ich habe von meinem Schlafzimmer aus gesehen, wie der Feuerwachturm brannte.«

»Können Sie sich noch an die Uhrzeit erinnern?«

»Selbstverständlich.« Sonja klopfte entrüstet mit ihrem Wanderstock auf die Straße. »3.45 Uhr, da stand er schon in Flammen. Ich habe den Rest der Nacht kein Auge zugetan. Meiner Meinung nach ist nämlich …«

»Moment, Moment«, unterbrach die Polizistin. »Ich muss mir Ihren Namen notieren für eine spätere Befragung.«

»Mein Name ist Sonja Senger«, sagte Sonja und wartete, dass sie Polizistin einen Notizblock zückte, aber sie machte keinen Anstalten, sondern tippte die Buchstaben in ihr Smartphone. So flink und geschickt wie alle jungen Leute, was Sonja jedes Mal faszinierte. Sie war froh, wenn ihr altes Klapp-Handy nicht verlegt, es aufgeladen war und sie es bedienen konnte. Sie musste keine Tasche kontrollieren, um zu wissen, dass sie heute wieder einmal ohne unterwegs war. Sie stammte aus der Generation, in der ein Telefon mit Wählscheibe, Gabel und Schur ausgestattet war. In ihrer Jugend gab es keine Flatrate, jeder Anruf kostete 20 Pfennig. Fasse dich kurz.

»Sonja Senger?«, fragte die junge Kollegin nach.

»So ist es.« Sonja wartete auf ein Signal der Erkenntnis.

Jeder in der Polizeibehörde Euskirchen kannte sie. Sie war ein Begriff. Eine feste Größe. Eine Institution. Gleich würde es hinter der hübschen Stirn der jungen Polizistin klingeln, und sie würde sich entschuldigen, dass sie die Hauptkommissarin a.D. nicht gleich erkannt hatte. Sie würde ihr den Weg frei machen und sie zum Brandort geleiten und um Mithilfe bitten. Sonja würde ihr verzeihen. Vielleicht.

»Wie schreibt sich Ziegenbendgesweg?«, hörte sie die Polizistin stattdessen fragen.

Seufzend buchstabierte Sonja den Namen. Die Zeiten hatten sich offensichtlich geändert. Drei Jahre Ruhestand – und sie war Geschichte. Dabei war es nicht das Renommee, das ihr fehlte, sondern die Funktion, die ihr Name all die Jahre lang innegehabt hatte, sie hatte Türen, Akten, Schubladen und Münder geöffnet, die anderen verschlossen geblieben waren.

»Hausnummer?«

Sonja schüttelte den Kopf. »Es ist das letzte Haus. Das kleine Forsthaus am Ende der Stromleitung.«

Eine letzte Steilvorlage. Vergeblich.

Ein Rauschen und Knacken aus dem Funkgerät, und die Polizistin ließ das Smartphone sinken und hielt mit der anderen Hand das Funkgerät ans Ohr.

»Hallo! … Ja! … selbstverständlich … sofort … klar … wir sind unterwegs.« Sie ließ Sonja stehen und spurtete zum Wagen. Bevor sie einstieg, rief sie: »Wir werden uns bei Ihnen melden. Halten Sie sich zur Verfügung.«

Ihr Kollege warf den Motor an, das Blaulicht flackerte auf, der Einsatzwagen brauste an Sonja vorbei und bog in den nächsten Waldweg ein. Der dort wartende Polizeiwagen schloss sich ihm an.

Sonja blieb auf der schmalen Straße zurück, sah den beiden Wagen nach, stach mit dem Wanderstock in die Luft und rief: »Himmel!«

Der Himmel antwortete mit einem eindringlichen Hupen.

Sie fuhr herum.

Ein Auto hatte sich hinter ihrem Rücken herangeschlichen. Kein Polizeiwagen. Hinter der Windschutzscheibe grinsten ihr Brummer und Neugebauer entgegen. Hauptkommissare, mit denen Sonja jahrelang zusammengearbeitet hatte. Klaus Brummer mit seinen buschigen, schwarzen Augenbrauen, der seinem Namen gerne alle Ehre machte, und Neugebauer, der Friedensstifter mit dem nervösen Blinzeln. Bad and good cop. Eine Art Hassliebe verband die drei Kollegen. Konkurrenz im alltäglichen Dienst, Solidarität, wenn es eng wurde.

Die Lichthupe zwinkerte ihr zu. Sonja ließ ihren Wanderstock kreisen wie ein Glücksrad und blieb breitbeinig stehen, wo sie stand.

Brummer steckte den Kopf aus dem Seitenfenster. »Was machst du denn hier?«

»Spazieren gehen«, erwiderte Sonja.

»Spuren vernichten nennt man so etwas.«

»Und was habt Ihr hier zu suchen?«

»Wir sind im Dienst.«

Wenn die Mordkommission auftauchte, musste es eine Leiche geben. Sonja hatte es geahnt. »Wer ist der Tote?«

»Keine Auskunft während laufender Ermittlungen«, rief Brummer. Von einer Situation wie dieser hatte er wahrscheinlich geträumt.

Neugebauer stieg aus und ging auf sie zu. »Du solltest nach Hause gehen, Sonja. Der Täter läuft noch frei herum. Das ist gefährlich. Du hast keine Waffe mehr.«

»Welchen Täter meinst du? Den Brandstifter? Den Mörder? Oder handelt es sich dabei um ein und dieselbe Person? Das ist ja wohl …«

»Ach, Sonja.« Neugebauer führte sie an den Straßenrand wie eine Blinde. »Du musst jetzt auf die Nachrichten warten wie jeder andere Bürger auch. Bitte.« Nach diesen Worten stieg er wieder ein, der Wagen rollte an Sonja vorbei und bog einige Hundert Meter weiter in denselben Waldweg ab, den die beiden Polizeiwagen vorher genommen hatten. Großes Aufgebot also.

»Das werden wir ja sehen!«, rief Sonja erbost.

Da die Kreuzung nun verlassen dalag, zögerte sie nicht lange, streifte die Schuhüberzieher über ihre Wanderstiefel und marschierte mitten durch das Unterholz in Richtung Brandort. Ungewohnte Laute drangen an ihr Ohr, die an einen Ort wie diesen nicht gehörten. Fremdes Leben war erwacht: Stimmen, Rufe, Motorbrummen, Türenschlagen. Ein aufgeregtes Durcheinander, begleitet vom Bellen und der Hecheln der Hundestaffel. Wacklige Lichtkegel von Handlampen durchbohrten das fahle Licht.

Niemandem schien in dieser Geschäftigkeit die Ex-Kommissarin aufzufallen. Kein gutes Zeichen, fand Sonja. Würde den Kollegen auf diese Weise auch der Täter durch die Lappen gehen?

Nein, denn Sonja stolperte und erlitt einen plötzlichen Hustenanfall – und keine zehn Sekunden später war sie gestellt. Abwehrend hob sie die Hände vor dem Spürhund, der auf sie zugeschossen kam und seinen atemlosen Herrn hinter sich herzerrte. »Ganz ruhig.« Sie trat einen Schritt zurück und hob die Arme in die Luft. »Ich bin auf deiner Seite.«

Der Hund, ein schwarzer Labrador, war skeptisch.

Der Hundeführer holte per Funk Hilfe. Zwei herbeieilende Kollegen nahmen Sonja ohne Worte zwischen sich, hielten sie, als wäre sie ein Wildpferd. Ihr Hut flog davon und blieb an einem Ast hängen.

»Mein Hut!«

Ein Polizist angelte ihn herunter und stülpte ihn Sonja wieder auf, sodass die Krempe ihr die Sicht versperrte.

»Sind Sie verrückt?« Sie ruckelte den Hut zurecht.

In den Funkgeräten, die die Polizisten am Hosenbund trugen, gurgelte und rauschte es wie in einer Badewanne.

Von der Straße näherte sich ein Auto dem wütend schweigenden Trio. Bitte nicht Brummer oder Neugebauer, flehte Sonja, aber Sonderwünsche wurden heute nicht erfüllt.

»Du schon wieder«, meckerte Brummer und zog die Augenbrauen zusammen, dass sie aussahen wie ein einziger schwarzer Balken. Das taten sie immer, wenn er zornig war, so wie Neugebauers Augenlider zuckten, wenn er nervös war.

»Ein brennender Feuerwachturm, das ist wie ein gestohlener Wachhund, findet ihr nicht?«

»Oder eine Polizistin im Ruhestand, die ermittelt«, konterte Brummer.

»Ist Frieda auch hier?«, rief Sonja ihm entgegen. »Ich muss sie unbedingt sprechen.«

Brummer verdrehte die Augen und ließ sich auf die Kühlerhaube fallen. Neugebauer spielte ebenfalls Galionsfigur. Sie betrachteten Sonja und ihre unwürdige Verhaftung offensichtlich mit Genuss.

»Ihr könnt sie loslassen«, meinte Brummer endlich zu den beiden Polizisten. Fragende Blicke, ehe sie gehorchten. »Wir kümmern uns um die Dame. Ihr könnt gehen. Danke.«

Die Polizisten trotteten davon.

»Nun zu dir«, sagte Brummer.

»Ich muss Frieda sprechen«, sagte Sonja schnell. »Wo ist sie?«

Neugebauer blinzelte nervös in den Himmel, als könnte eine Antwort in den Wolken stehen.

»Ihr habt einen Mord am Hals, stimmt's?«

Wolkenbetrachtung. Fortsetzung. Fachmännisch.

»Lasst euch doch nicht jedes Wort aus der Nase ziehen.«

Neugebauer stieß sich endlich von der Motorhaube ab. »Wir fahren dich nach Hause.« Einladend öffnete er die hintere Autotür und wies auf den Rücksitz.

»Nicht nötig«, beschied Sonja, bückte sich und streifte die Schuhüberzieher von den Wanderschuhen, knüllte sie zusammen und steckte sie in die Hosentaschen. An den Kollegen vorbei trat sie den Heimweg an. Hocherhobenen Hauptes und mit kreisendem Wanderstock, ließ sie den Herren den vermeintlichen Sieg.

Nicht mehr lange und Brummer und Neugebauer traten ebenfalls in den Ruhestand ein. Dann, so hoffte sie, konnte sie sich an ihnen rächen. Man konnte sich immer rächen, wenn man nur lange genug wartete.

»Wir kommen dich bald mal besuchen!«, hörte sie Brummer rufen.

Ja. Ja. Sonja hob den Hut zum Gruße. Das sagten sie immer, wenn sie ihnen unverhofft begegnete, aber sie kamen nicht.

»Zu Rum mit Tee!«

»Oder Tütensuppe!«

Ha! Ha! Der Witz war älter als Brot. Sie konnten nicht wissen, dass Sonja sich inzwischen einige bemerkenswerte Kochkünste angeeignet hatte. Ihre Lasagne konnte sich sehen lassen. Auch wenn das nur aus Langeweile geschah. Wenn die wüssten, was sie noch alles aus Langeweile tat, würde sie sich wundern. Stricken gehörte nicht dazu.

Ihr Forsthaus durchsuchte Sonja nach ihrem Handy. Genauso mühsam baute sich das Netz auf.

»Wo bist du?«

»Wo soll ich schon sein?«, fragte Frieda Stein zurück.

»Nicht hier in Wolfgarten?«

Schweigen.

»Und der Mord am Feuerwachturm?«

Schweigen. Frieda am Telefon auszufragen wollte Sonja sich eigentlich abgewöhnen. Aber was sollte sie mit ihrer natürlichen Neugier anfangen?

»Kommst du heute noch vorbei? Ich koch uns was«, kündigte sie an.

»Nein, danke.«

»Aber einen Wein trinkst du heute Abend mit mir, ja?«

»Ich glaube schon.« Ende des Telefonats.

Wenn Frieda Wein bei Sonja trank, war klar, dass sie über Nacht bleiben und auf der Récamiere schlafen würde, die eigens für diese Zwecke angeschafft und im Wohnzimmer neben den Ohrensessel platziert worden war. Ein barockes Möbelstück aus dunkelrotem Samt von einem Antiquitätenmarkt in Belgien.

Im Forsthaus zu übernachten war, angesichts der Tatsache, dass der neue Mordfall in Wolfgarten lokalisiert war, eine gute Idee, fand Sonja. Gern stellte sie ihr Forsthaus der Polizeibehörde Euskirchen als Dependance zur Verfügung. Nichts lieber als das. Aber warum tat Frieda so geheimnisvoll? Fügte sie sich neuerdings Roggenmeiers Anordnungen? Das konnte Sonja sich nur schwer vorstellen. Der Chef der Mordkommission war ihrer beider Lieblingsfeind. Es musste einen anderen Grund geben, warum Frieda mauerte.

Sonja betrachtete ihr Handy, als bärge es das Geheimnis und sie müsste nur eine Nummer wählen, um zu erfahren, wer auf die absurde Idee gekommen war, einen Feuerwachturm in Brand zu stecken. Ein fanatischer Gegner des Nationalparks oder des Tourismus schlechthin? Ein Pyromane? Und die Leiche? Hatte es den Brandstifter etwa selbst erwischt? Hatte es einen Kampf gegeben?

Vielleicht konnte das Internet Licht ins Dunkel bringen. Interessant waren zwei Artikel, die sie im Netz fand:

Kölner Stadt Anzeiger,
Region Euskirchen-Eifel, Schleiden & Gemünd
13.06.17, 08.56 Uhr

Eifelblick: Alter Feuerwachturm in Wolfgarten komplett niedergebrannt.
Schleiden. Der alte Feuerwachturm in Schleiden-Wolfgarten ist in der Nacht zu Dienstag komplett niedergebrannt. Gegen 3.30 Uhr brach das Feuer an dem etwa 30 Meter hohen Turm aus. Die Polizei schließt Brandstiftung als Bandursache nicht aus. Die Höhe des durch den Brand verursachten Sachschadens ist noch unklar, könnte sich aber im unteren sechsstelligen Bereich bewegen, so die Polizei am Dienstagnachmittag. Rund 50 Feuerwehrmänner waren in der Nacht im Einsatz. (red)

Kreispolizeibehörde Euskirchen, POL-EU:
30 Meter hoher Aussichtsturm abgebrannt
13.06.2017 - 11.14 Uhr

53937 Schleiden-Wolfgarten (ots) – Am frühen Dienstagmorgen (03.29 Uhr) wurden Rettungskräfte über einen Brand in einem frei zugänglichen Waldgebiet nahe der Ortschaft Wolfgarten in Kenntnis gesetzt. Als Feuerwehr und Polizei an der Brandstelle eintrafen, brannte ein Aussichtsturm bereits in voller Ausdehnung. Bei diesem Turm handelt es sich um einen hölzernen, ca. 30 Meter hohen Aussichtsturm mit sechs Plattformen. Die Feuerwehr ließ den Turm kontrolliert abbrennen. Da Brandstiftung nicht ausgeschlossen werden kann, wurde der Brandort durch die Polizei beschlagnahmt. Sie ermittelt nun hinsichtlich der Brandursache. Der entstandene Sachschaden liegt im unteren sechsstelligen Bereich.

Auf Facebook, Twitter und Co. posteten Nutzer Eindrücke, Betroffenheit, Entsetzen, Vorverurteilungen und Verwünschungen.

Aber von einer Leiche war nirgendwo die Rede.

Da konnte Sonja mehr aufweisen: 2004 war auf dem Feuerwachturm eine Leiche entdeckt worden. Martialisch zugerichtet. Sonjas erster Fall als Hauptkommissarin in der Polizeibehörde Euskirchen. Das Jahr, in dem sie sich von Trier nach Euskirchen hatte versetzen lassen, das Forsthaus am Ende der Stromleitung gekauft und wieder einmal ein neues Leben begonnen hatte.

Noch nicht einmal Mittag und wieder schien sich einer dieser schier endlos langen Tage vor Sonja auszubreiten, an denen sie sich ihre To-do-Liste ansehen musste, die sie sich für Tage wie diesen zusammengestellt hatte, um nicht ganz aus den Fugen zu geraten. Und zwar analog. Im guten alten Notizbuch mit einem spitzen Bleistift. Einige Aufgaben waren schon durchgestrichen, die unangenehmen Dinge standen noch aus. Fensterputzen, bügeln, den Abstellraum aufräumen, Erinnerungen an ihre kriminalistische Laufbahn sortieren, suchen, was sie vermisste: ihren Impfpass, den zweiten Arbeitshandschuh, die Wildblumensamenmischung und dabei Dinge finden, die sie nicht vermisste.

Obwohl Letzteres für gewöhnlich das Spannendste war, entschied Sonja sich fürs Fensterputzen. So konnte sie Sinnvolles tun und gleichzeitig das Gelände im Auge behalten.

West traute seinen Augen kaum, als Sonja Abzieher, Lappen, Glasreiniger und Gummihandschuhe zusammentrug, die Leiter aus dem Abstellraum hervorzog, einen Eimer mit heißem Wasser füllte, mit ein paar Spritzern Spüli würzte und alles vor die Haustür stellte. Er gähnte und schien nachzudenken.

Dort, wo früher das dunkle, trapezförmige Dach des Feuerwachturmes aus den Baumwipfeln herausgeragt hatte, stieg ein dünner Rauchfaden auf, der in Richtung Gemünd getrieben wurde. Ob der Suchtrupp noch im Einsatz war? Oder hatten sie schon gefunden, wonach sie suchten?

Sonja klappte die Beine der Standleiter auseinander, rammte sie vor dem ersten Sprossenfenster in wackelfreier Position in den Boden und begann hinaufzuklettern, als sie aus dem Augenwinkel sah, wie am Ortsrand ein Auto in den Ziegenbendgesweg einbog. So wie es schlingerte und die Reifen jedes Schlagloch mitnahmen, hatte der Fahrer ein Problem. Groß und schmal, schwarze Kleidung und schwarze Haare ließen ihn zu einem konturlosen, dunklen Strich hinter dem Steuer werden. Es war Friedas schäbiger, alter Golf, der bis dicht an das Gartentor heranrollte, als wollte er es aufstoßen und die Treppen ins Haus hochfahren.

Sonja sah erstaunt auf die Uhr. Erst kurz nach vier. Sie hatte nicht vor dem Abend mit Frieda gerechnet.

Frieda hob mit ernstem Gesicht nur kurz die Hand, schaltete den Motor aus und löste den Gurt, machte aber keine Anstalten auszusteigen, sondern ließ sich nach vorne fallen und presste ihre Stirn gegen das Lenkrad.

Sonja, die schon von der Leiter gesprungen war und Frieda entgegeneilen wollte, blieb wie festgewachsen stehen. So erleichtert sie erst war, Frieda zu sehen, so beunruhigt war sie nun. Frieda war gewöhnlich nicht so schnell aus der Fassung zu bringen. Sie war jung, schnell, stark, kämpferisch und kompromisslos – taff. Ihr ausgeprägter Gerechtigkeitssinn und ihre schnelle Auffassungsgabe machten sie zu einer erfolgreichen Kommissarin der Mordkommission. Das war die Fassade. Aber das dicke Fell war nicht mehr als einen Fingerbreit. Sonja kannte Frieda auch anders, sie wusste, dass der Anblick einer verkohlten Leiche auch Frieda bis aufs Mark erschüttern konnte.

Wortlos zog Sonja sich ins Forsthaus zurück, schob die Haustür leise zu, ließ sie aber einen Spaltbreit offenstehen.

West kam von einem Jagdausflug zurück und hielt eine kleine Feldmaus quer in der Schnauze, mit stolz geschwellter Brust. Er trug sie am Genick. Ihr kleiner Kopf baumelte in tödlichem Winkel herab.

Als er Sonja hinter der Fensterscheibe entdeckte, beeilte er sich. Kurz darauf stieß er mit dem Kopf die Tür zur Wohnküche auf, nahm eine Abkürzung unterm Tisch, ließ die Maus vor Sonjas Füßen fallen, schleckte sich übers Maul, hockte sich hin und legte seinen Kopf in den Nacken. Seine gelben Augen sahen aus, als wären sie von innen beleuchtet. Er war ein großer, alter Jäger. Niemand wusste, wie alt er war. Niemanden interessierte es.

Sonja lobte ihn für seine heroische Tat, erst danach begann er das Corpus Delicti zu verspeisen. Schmatzen, Grunzen, Knochenknacken, und übrig blieben vier kleine Mäusefüße, die Sonja sammelte, seit sie in Pension war. Mäusefüße in einem alten Gurkenglas, gefüllt mit einer Mischung aus Formaldehyd, Salz und Essig. Andere sammelten Briefmarken.

Frieda saß noch immer in ihrem Auto. Sie schien dort bleiben zu wollen. Um sie herum Menschenleere, Schwalben flogen ihre halsbrecherische Choreographie übers Feld, im Hühnerstall nebenan – einem blauen Bauwagen mit Auslauf – gackerte es zufrieden, leise, satt und müde, der eine Hund, der immer bellte, schwieg.

Sonja setzte sich in ihren Ohrensessel und legte die Beine hoch.

Ruhe im Forsthaus.

5. Kapitel

Kommissarin Frieda Stein konnte nicht aussteigen. Ihre Stirn lehnte am Lenkrad, und sie starrte auf das verschlissene Sitzpolster, das zwischen ihren schwarzen Hosenbeinen zu erkennen war, addierte verbissen die kleinen, grauen Karos und teilte das Ganze durch verschiedene Zahlen. Aber die Summen ergaben keine Lösung ihres Problems, noch nicht einmal einen Hinweis darauf.

Ihr Fuß war vom Bremspedal gerutscht. Sie hatte nicht bemerkt, wie sie langsam zurückgerollt war, zentimeterweise, und die Reifen schließlich sanft an der kleinen Böschung am Wegesrand hängen geblieben waren. Sicher wie in einer Kuhle.

Der Anruf, der sie am Morgen auf ihrem Diensttelefon in der Polizeibehörde Euskirchen erreichte, hatte sie eiskalt erwischt. Sie hatte nicht auf das Display gesehen, bevor sie abnahm, und unwirsch ihren Namen in den Hörer gemurrt, weil das Telefon an diesem Morgen einfach nicht stillstehen wollte. Sie saß allein im Büro, die Kollegen Brummer und Neugebauer waren auf Außendienst und konnten sie nicht ablenken, sie hätte also endlich einmal etwas wegschaffen können. Aber Hinz und Kunz hatte eine Anfrage, sie kam zu nichts und konnte sich auf nichts konzentrieren, wenn sie ständig unterbrochen wurde.

»Wer ist denn da?«, rief sie ungeduldig, als niemand sich meldete. Und dann erst erkannte sie die Kölner Telefonnummer auf dem Display. »Mama? Bist du das?«

Dumme Frage, ihr Vater rief sie nicht an. Der rief höchstens ihren Chef an, um zu hören, wie sich die ungeratene Tochter schlug, und ihm beizupflichten, wenn es mal nicht so gut lief. Die beiden Herren waren sich immer einig, zumindest was Frieda Stein betraf.

Dr. Helmut Stein, ehemals Rechtsmediziner der inzwischen geschlossenen Aachener Rechtsmedizin, hatte dafür gesorgt, dass seine Tochter in der Polizeibehörde Euskirchen »unterkam«, wie er es nannte, nachdem sie erst das Medizinstudium und dann das Jurastudium abgebrochen hatte. Stein war dem Leiter der Mordkommission Euskirchen, Hauptkommissar Hans Roggenmeier, an verschiedenen Tatorten, bei Besprechungen, Pressekonferenzen und in der Rechtsmedizin immer wieder einmal über den Weg gelaufen. Sie verstanden sich auf Anhieb und hatten gemeinsam beschlossen, der wankelmütigen Tochter eine Chance zu geben.

Frieda Stein wurde Jahrgangsbeste in der Polizeischule und wusste danach, was sie werden wollte: nicht Polizistin.

»Mama?« Nicht einmal ein Atmen drang durch den Telefonhörer an Friedas Ohr. »Nun red endlich.«

»Ich … ich … ich.«

Ein schrecklicher Gedanke durchfuhr Frieda: Wurde ihre Mutter erpresst? Erst kürzlich war ihr ein Fall zu Ohren gekommen, in dem ein junger Mann, der die Polizei zwingen wollte, Beweise gegen ihn verschwinden zu lassen, die Frau eines Kommissars als Geisel genommen hatte.

»Was ist bei dir los?«, rief Frieda aufgelöst, sie war aufgesprungen und raufte sich die kurzen, schwarzen Haare und senkte die Stimme. »Kannst du nicht reden?«

»Papa …«

»Was ist mit ihm?«

»Er hatte wieder einen Herzinfarkt«, sagte ihre Mutter mit erstickter Stimme. »Den zweiten.«

Friedas Hand umkrampfte den Hörer. Ihr wurde schwindlig. Sie konnte sich noch gut an das Drama des ersten Infarktes erinnern.

»Du musst herkommen«, flehte ihre Mutter. »Bitte. Uni-Klinik, Intensivstation. Es kann jeden Moment zu spät sein.«

Der Hörer fiel Frieda aus der Hand und baumelte hilflos an der Schnur. Ihr Herz stolperte und übersprang einen Schlag.

»Frieda?«, hörte sie ihre Mutter rufen.

»Ja?« Sie angelte nach dem Hörer und presste ihn wieder an ihr Ohr.

»Kommst du?«

Frieda legte auf, stellte sich ans Fenster, sah hinunter auf den Hof, auf dem Dienstfahrzeuge parkten und Kollegen kamen und gingen. Auf der Kölner Straße herrschte der übliche Verkehr. Sie konnte alles stehen und liegen lassen und nach Köln fahren. Jedermann hätte dafür Verständnis, selbst Roggenmeier. »Ehrensache« würde er sagen.

Aber sie wollte es nicht.

Sie wandte sich vom Fenster ab, trat an ihren Schreibtisch und ließ sich auf ihren Stuhl fallen. Niemand wusste von dem Anruf. Sie könnte einfach so tun, als hätte es ihn nicht gegeben. Sie könnte weiterarbeiten und sich ablenken. Ihre Finger zitterten, als sie in dem aufgeschlagenen Aktenordner weiterblätterte und wünschte sich, sie wäre nicht in der Mordkommission, sondern bei den Kollegen vom Verkehr. Die professionellen Bezeichnungen wie Tod, Anzeichen des Todes, Totenflecken, Leichen- und Pupillenstarre nahmen plötzlich eine andere Bedeutung an, rückten näher und näher und ließen ihr kaum noch Luft zum Atmen. Sie hatte das Gefühl, den Obduktionsbericht ihres Vaters zu lesen, und war dankbar, als das Telefon klingelte und sie Brummers Stimme hörte.

»Der Feuerwachturm von Wolfgarten ist letzte Nacht abgefackelt.«

»Ich weiß«, sagte sie. Das war das Erste, was sie an diesem Morgen auf den Fluren der Polizeibehörde vernommen hatte. Sie hatte sich sofort bei den Kollegen vergewissert, dass Sonja Senger in ihrem Forsthaus am Ortsrand von Wolfgarten in keiner Weise zu Schaden gekommen war.

»Ich habe mir den Brandort mal angesehen«, fuhr Brummer fort. »Neugebauer und ich waren gerade in der Nähe.«

»Ich weiß.« Die Kollegen hatten einen Termin beim Dienststellenleiter der Polizei Schleiden gehabt.

»Nur Sachschaden bisher. Brandstiftung vermutlich. Aber wer macht so was und wozu?«

»Keine Ahnung.«

»Madame sind schlecht gelaunt?«, kommentierte Brummer Friedas Einsilbigkeit.

»Nein«, versicherte Frieda schnell. »Habe nur zu tun. Ein Brand geht uns im Grunde ja auch nichts an, oder?«

»Unsere liebe Sonja schon. Sie war natürlich sofort zur Stelle und hat dort herumspioniert. Sie hat nichts Besseres zu tun. Sie kann es einfach nicht lassen.«

»Sie wohnt nebenan.«

»Das ist kein Grund. Ein peinlicher Auftritt war das wieder mal.«

Frieda mochte es nicht, wenn er über Sonja herzog.

Hauptkommissarin a. D. Sonja Senger war nicht nur ihre Vorgängerin, sie war ihre Beraterin und mit der Zeit eine vertraute Freundin geworden, die Einzige, die sie seit ihrem Dienstantritt in Euskirchen gefunden hatte. Frieda liebte es, Zeit mit ihr im Forsthaus am Ende der Stromleitung zu verbringen und Cello zu spielen. Sonja hatte ihr ein Notenbuch zu ihren Lieblingsliedern aus ihrer Jugend geschenkt, weil sie die Etüden nicht mehr hören konnte. Zwei Lieder der Beatles konnte Frieda bereits ohne Noten spielen: *Yesterday* und *Hey Jude.*

Gut war es, an langen Sommerabenden mit Sonja draußen auf der ehemaligen Ofenbank Wein zu trinken und darüber zu philosophieren, was die Welt im Inneren zusammenhielt, wie schwierig es war, einen Sinn im Leben zu finden und im Beruf. Einen Beruf, der dem Leben einen Sinn gab.

Aber heute konnte Frieda Sonja dem Kollegen gegenüber nicht verteidigen, sie hatte einen Kloß im Hals. Ich muss meinen Vater noch einmal sehen, sagte ihr Kopf, ich kann es nicht, sagte ihr Bauch, ich kann es nicht. Sie war kurz davor ohnmächtig zu werden.

»Also, ich muss jetzt aber weitermachen. Tschüss, bis später.«

Die Tür flog auf, als sie gerade auflegte, und Roggenmeier stürmte in ihr Büro. »Wo bleibt das Protokoll?«, schnauzte er ohne Begrüßung.

»Welches Protokoll?« Friedas Kopf war leer.

»Das fragen Sie noch?« Er starrte auf ihre Haare, die noch zu Berge standen. »Was ist denn mit Ihnen los?«

Da brach der Damm. Schluchzen, Schniefen.

»Nun stellen Sie sich mal nicht so an. Ich hab ja nur gefragt, wo das Protokoll bleibt.«

Frieda wischte sich die Nase am Unterarm ab.

»Haben Sie kein Taschentuch?«

Sie ließ ihren Kopf auf die Schreibtischplatte fallen.

Roggenmeier streckte ihr ein kariertes Stofftaschentuch hin. Sie beachtete es nicht.

»Ist Ihnen nicht gut?«

Frieda stieß ein Ton aus, der an einen Wolf erinnerte, der den Mond anheult.

»Haben Sie psychische Probleme?«

»Nein!«, schnauzte sie.

»Soll ich einen Arzt rufen?«

Sie streckte ihm eine Hand entgegen. »Halten Sie einfach nur einen Augenblick meine Hand.« Sein berüchtigter, Knochen brechender Händedruck würde sie von ihrem inneren Schmerz befreien.

Er wich erschrocken zurück. »Da ruf ich mal lieber eine Kollegin«, murmelte er verlegen und verdrückte sich Richtung Tür.

Frieda hob ihren Kopf. »Kann ich bitte nach Hause fahren?«

»Ja, natürlich«, sagte er übereifrig. »Aber ich lasse Sie besser bringen.«

»Nein. Das schaff ich allein.«

»Wie Sie wollen und lassen Sie sich krankschreiben, bis es Ihnen wieder besser geht.

»Danke.«

»Ich bin ja kein Unmensch«, gab er von sich.

Frieda war sich da nicht so sicher, aber jetzt war nicht der Moment, das zu diskutieren. Sie hatte ein wenig übertrieben, aber es war ihr nicht schwergefallen. Das Wasser stand ihr bis zum Hals.

Als sie ihre Wohnung in der Reinaldstraße betrat, stellte sie fest, dass sie nicht mehr das war, was sie am Morgen noch gewesen war: eine Zuflucht, eine neue Heimat, ein Nest. Jetzt kam sie ihr eher vor wie ein Gefängnis. Frieda durchquerte ihre Zimmer, als sähe sie sie zum ersten Mal, fand eines bedrückender als das andere, lief den Flur entlang, blieb in der Küchentür stehen.

Auf dem Küchentisch standen eine Vase mit Feldblumen und ein leeres Glas, vom gestrigen Abend lag schmutziges Geschirr in der Spüle. Essensgeruch hing in der Luft. Sie hatte sich kleine Kartoffeln gebraten und gelbe Paprika dazugeschnitten.

Langsam machte es sie wütend, nicht zu wissen, was sie tun sollte. Ungeduldig trat sie gegen den Buffetschrank, riss eine Tür auf und knallte sie wieder zu, dass die Scheiben zitterten. Dann fegte sie die Vase mitsamt Blumen und Wasser vom Tisch. Suchend sah sie sich um. Hier in diesen vier Wänden gab es keine Lösung. Nichts wie weg!

Das Forsthaus.

Zum ersten Mal wünschte sie, Sonja wäre nicht dort und sie könnte ganz allein im Forsthaus sein, sich ans Cello setzen, den Bogen nehmen und spielen: *Yesterday* und *Hey Jude*. Rauf und runter. Oder einen neuen Song einstudieren. Oder nicht einmal das. Einfach nichts tun. Nur atmen.

Sie stand schon in der Wohnungstür, als ihr klar wurde, dass sie vorher noch etwas erledigen musste.

Google gab widerwillig die Telefonnummer der Kölner Uniklinik preis. Frieda telefonierte sich bis zur Intensivstation und Professor Dr. Hallsdorf durch, den erstaunlich jungen und attraktiven Chefarzt. Er hatte den ersten Herzinfarkt ihres Vaters behandelt und ihm das Leben gerettet, wie ihre Mutter behauptete. Sie würde mit Sicherheit auch dieses Mal keinen anderen Arzt als ihn an das Herz ihres Mannes lassen. Frieda hatte ihm die Hand geschüttelt und neben ihm am Bett ihres Vaters gestanden. Das war vier Jahre her. Ob er sich an sie erinnerte? Oder warf er jeder jungen Frau diesen Blick zu, der zugleich vertraut und herausfordernd war? Es gab nur eine geringe Chance, dass er ihr eine Auskunft am Telefon gab, aber die wollte sie nutzen.

»Frieda Stein?«, fragte Professor Hallsdorf nach. Nicht nur Augen, dachte Frieda, sondern auch eine Stimme wie Plüsch. »Ja, sicher, ich erinnere mich. Die Tochter des Rechtsmediziners mit dem schwachen Herzen.«

»Wie geht es meinem Vater?«

»Hat Ihre Frau Mutter Sie nicht informiert?«

»Doch, doch, aber, wissen Sie …«, zögerte Frieda.

»Ich weiß«, er klang mitfühlend und taktvoll zugleich. »Sie ist sehr besorgt um Ihren Herrn Vater. Ich will Ihnen nichts vormachen, ein zweiter Infarkt ist ein schlechtes Zeichen.«

»Meine Mutter sagt, er liegt im Sterben.«

»So würde ich das nicht ausdrücken. Wir passen gut auf ihn auf. Ihr Herr Vater ist ein Kämpfer.«

»Ist das gut oder schlecht?«

»Kommt drauf an, wofür oder wogegen man kämpft.« Und als Frieda schwieg, fuhr er fort. »Werden Sie ihn besuchen?«

»Ich denke ja, aber ich weiß nicht, wann ich dazu komme.«

»Mord und Totschlag in der Eifel?«, fragte er, und in seiner Stimme lag ein Lächeln.

Was wusste er noch von ihr, fragte sich Frieda, und ihre Sympathie für ihn verflüchtigte sich. Er sollte nicht glauben, den Versöhner spielen zu können. Mal eben so am Telefon. Vielleicht auch noch auf Geheiß ihres Vaters oder ihrer Mutter. »Danke, dass Sie sich Zeit genommen haben.«

»Gerne.«

Frieda war nicht schlauer als zuvor. Aber sie war sicherer als zuvor, das Richtige zu tun, wenn sie sich Zeit zum Nachdenken nahm und statt nach Köln nach Wolfgarten fuhr.

Sie verfuhr sich. Umleitungen führten sie zickzack durch die Gegend, sie hatte das Gefühl, als ob sie nie in Wolfgarten ankommen würde oder das Verkehrsministerium sie daran hindern wollte. Felder, Wiesen, Weiden, Häuser und Höfe ähnelten sich auf fatale Weise. Der Himmel war durchgehend grau. Mit jedem Kilometer wurde ihre Orientierung konfuser. Schließlich bog sie entnervt hinter Kommern von der B 266 ab, rumpelte über eine Fahrspur an einen Waldrand und stieg aus.

Die Hände tief in die Taschen vergraben, die Schultern hochgezogen, holte sie weit aus, immer größere, schnelle Schritte, dann verfiel sie ins Laufen, lief bis sie keine Luft mehr bekam und sich schnaufend an einem Baumstamm abstützen musste. Es tat gut, sich zu verausgaben. Das erdete, das gab ihr das Gefühl, noch einen Körper zu haben und nicht nur einen Kopf, in dem sich Gedanken drehten wie in einem Karussell. Eine Buche breitete leise raschelnd ihre Blätter über ihr aus. Frieda lehnte sich an den Stamm, ließ sich herunterrutschen, bis sie auf dem Wurzelgeflecht saß. Kühle Feuchtigkeit grub sich durch ihre Hose. Sie fuhr mit den Händen durch die braunen Blätter und Nadeln, die herabgefallen waren, und ließ sie durch ihre Finger gleiten. Sie hob eine abgefallene Baumrinde an, unter der Ameisen und Tausendfüßler ihren Aufgaben nachgingen. Frieda begann sie zu zählen. Danach hielt sie die Rinde gegen das Licht. Sie glich einem Segelboot, aber Frieda verstand die Botschaft nicht.

Sie konnte nicht ins Krankenhaus fahren und in das Gesicht ihres Vaters sehen, ohne daran zu denken … sie konnte kein Mitleid vortäuschen und keine Trauer … sie konnte ihre Mutter nicht trösten … sie würde beiden wahrscheinlich Vorwürfe machen … sie konnte ihm einfach nicht verzeihen, nur weil er jetzt krank war … das mussten sie verstehen …

Eine Spinne seilte sich von der Baumrinde ab.

Irgendwo klopfte ein Specht.

So nah, so dicht, so real.

Frieda richtete sich auf. Kein Specht, das war ein Finger, der an einer Fensterscheibe klopfte. Und sie saß auch nicht mehr im Wald an den Baumstamm gelehnt, sondern in Wolfgarten in ihrem Auto vor dem Forsthaus. Die Uhr im Armaturenbrett zeigte 18 Uhr an. Und dieser Finger gehörte Sonja, die ihr mit der anderen Hand ein Glas Rotwein entgegenhielt. Mit einem kleinen Lächeln, diesem typischen Sonja-Lächeln, das nur in den Mundwinkeln stattfand.

Frieda ließ die Scheibe herunter, und das Glas wechselte ohne Worte den Besitzer. Sie nickte, wollte Danke sagen, aber kein Wort kam über ihre Lippen. Sie schien ihre Stimme verloren zu haben. Ihr Mund war ausgetrocknet, ihre Zähne klebten aufeinander, da war nichts zu machen, nur ein Räuspern und ein Krächzen brachte sie zustande.

Sonja zwängte sich am Auto vorbei durch das Gartentor und ließ die Haustür einladend offenstehen. West hatte sich auf die Schwelle gehockt, und leckte ausgiebig Maul und Pfoten und blinzelte ins Licht. Es kümmerte ihn nicht, dass da ein Auto stand, in dem ein Mensch saß, der nicht aussteigen konnte. Das war in Ordnung.

Frieda ließ das Seitenfenster offenstehen. Ein kühler, frischer Wind wehte herein. Jetzt erst merkte sie, wie stickig es im Auto, wie knapp der Sauerstoff geworden war. Der erste Schluck Wein glühte in ihrer Kehle, obwohl es Sonjas rote Hausmarke sein musste, die niemals brannte, von der man keinen dicken Kopf bekam. Der zweite Schluck bahnte sich seinen Weg durch Friedas Adern und schoss in Windeseile bis zu den Fingerspitzen vor. Jetzt erst merkte sie, wie kalt sie gewesen waren, und es schien, als erwachten sie. Außer einer überreifen Banane zum Frühstück und einigen schlechten Tassen Kaffee im Büro hatte sie noch nichts zu sich gekommen. Kein Wunder, dass der dritte Schluck im Kopf herumschwappte.

Frieda hob das Glas an und hielt es gegen das Licht, es sah aus, als prostete sie einer unsichtbaren Person zu. Noch ein Schluck und es war leer. Wie an Nachschub kommen, ohne auszusteigen? War das Sonjas Trick?

Prompt öffnete sich die Haustür, und Sonja trat mit einem neuen Glas Rotwein hervor. Die Frauen lächelten sich zu und tauschten die Gläser, wortlos.

Als Sonja zum dritten Mal kam, sagte Frieda leise: »Mein Vater liegt im Sterben.«

Sonja reichte ihr das volle Glas, nahm das leere entgegen und sagte immer noch kein Wort. Einmal ausgesprochen, verlor die Katastrophe ein wenig an Schärfe, als ob sie sich teilte, dachte Frieda und spürte ein Stück Erleichterung.

Als Sonja das vierte Mal kam, dieses Mal ohne Glas, stand Frieda neben dem Auto und hielt sich an der Tür fest. Schwarzes T-Shirt, schwarze Jeans, schwarze Sneaker, schwarze Haare. Keine Trauerkleidung, sondern praktisch, wenn man am Morgen nicht wusste, was man anziehen sollte.

»Ich kann aber nicht hinfahren. Ich kann es einfach nicht, weil …«

»Natürlich kannst du das nicht«, sagte Sonja. »Du bist nämlich restlos betrunken.«

»Stimmt. Ich bin nämlich restlos betrunken, Papa.«

»Komm.«

Kurz bevor sie das Forsthaus betraten, fragte Sonja: »Gibt es einen Toten am Feuerwachturm?«

Typisch, dachte Frieda. Sonja hatte die Frage lange für sich behalten. Drei Rotweingläser lang.

»Nein.« Frieda blickte sie entrüstet an. »Natürlich nicht.« Blinzelnd konzentrierte sie sich auf Sonjas Nasenspitze. »Wie kommst du denn darauf?«

»Nur so«, meinte Sonja.

Frieda ließ sich von ihr ins Haus führen, auf die Récamiere verfrachten und Schuhe und Jeans ausziehen.

»Hast du einen Waldspaziergang gemacht?«, fragte Sonja, zupfte braune Blätter von der Jeans und betrachtete die Sohlen der Schuhe. »Das war eine gute Idee.«

»Ich will nicht drüber reden«, sagte Frieda mit schwacher Stimme.

»Natürlich nicht«, sagte Sonja.

»Morgen auch nicht.«

»Auf keinen Fall.«

Sonja deckte Frieda zu und hoffte, dass Dr. Helmut Stein mit dem Sterben warten würde, bis seine Polizisten-Tochter wieder nüchtern war.

Wenig später erscholl eine dramatische Melodie aus dem Wohnzimmer. Voller Wut pressten Fingerkuppen die Saiten nieder, voller Gewalt quälte sich der Bogen über das Griffbrett des Cellos. Nicht *Yesterday*. Nicht *Hey Jude*. Es war Musik aus dem 22. Jahrhundert.

Sonja hielt sich die Ohren zu.

Der Kater floh.

MITTWOCH

6. Kapitel

Am nächsten Morgen wusste Thommes noch immer nicht, was er mit dem Mädchen anfangen sollte, das im Flammenschein des brennenden Feuerwachturmes in seinen Stall geflohen und vermutlich Zeugin seiner Lieferung hochwertiger Elektroartikel geworden war. Vesna, wie der Fremde sie gerufen hatte, der in sein Grundstück eingedrungen war und behauptet hatte, sie befände sich auf seinem Hof und sei seine Schwester. Sie stellte sich taub und stumm, aber sie war es nicht, davon war Thommes inzwischen überzeugt. Sonst hätte ihr Bruder wohl kaum nach ihr gerufen. Sie wollte Thommes' Fragen aus dem Wege gehen. Sie hatte Angst vor Thommes. Und darum summte sie einfach herum. Dieses ständige leise, zarte Summen, das Thommes auf die Nerven ging.

Das Mädchen war ihm ein Rätsel. Was war mit ihr los? Eine solche Quizfrage war ihm bisher noch nicht untergekommen. Erst eine Woche zuvor war die Frage gestellt worden, wie lange ein Mensch ohne Wasser auskommen könne und wie lange ohne zu essen. Der

Kandidat hatte die Frage nicht richtig beantworten können. Aber Thommes hatte die Lösung nicht vergessen: Ohne zu essen monatelang, ohne zu trinken keine vier Tage. Das Mädchen war erst zwei Tage ohne Essen. Er würde ihr trotzdem nicht nur Wasser hinstellen, wie er es pflichtschuldig getan hatte. Sie war dünn wie ein Grashalm.

Er würde noch weitere Strohballen in den Nebenraum tragen, mit denen sie sich ein Bett bauen konnte. Aber da war noch etwas Unangenehmes, um das er nicht herumkam. Sie musste schließlich irgendwo ihre … ihre Notdurft, wie seine Mutter sagen würde, verrichten. Sie konnte natürlich den Ablauf unter dem Wasserhahn benutzen, das hatte sie wohl schon, wenn er an den leichten Uringeruch dachte. Aber im Fall der Fälle? Seine Mutter hatte, als sie nicht mehr aufstehen konnte und von einem Pflegedienst versorgt wurde, eine Bettpfanne benutzt. Vielleicht stand sie noch oben auf dem Speicher. Aber wer sollte sie dann leeren? Thommes schüttelte sich.

Dennoch betrat er zum ersten Mal seit Mutters Tod das Schlafzimmer seiner Eltern.

Ein stickiger Geruch schlug ihm entgegen. Die Vorhänge waren zugezogen. Das Zimmer war aufgeräumt, die geblümte Steppdecke über dem Doppelbett ausgebreitet, ein gesticktes Kissen lag akkurat in der Mitte. Auf den beiden Nachtkommoden standen Lampen und auf Mutters Seite ein Wecker. Seine Zeit war lange abgelaufen. Thommes erkannte sich im Spiegelschrank und erschrak, er sah aus wie ein Gespenst. Er bückte sich, hob die Steppdecke an und fand die Bettpfanne.

Er zog sie hervor, hob den Deckel und atmete erleichtert auf.

Später konnte er aus dem Doppelbett noch eine Matratze nehmen, eine der Decken und ein Kissen, um dem Mädchen im Stall ein Bett zu bauen. Und dann … ob sie überhaupt noch da war? Die Tür zum Nebenraum hatte er verriegelt, auch das Tor, das Fenster hatte er von außen mit zwei Schalbrettern verbarrikadiert. Aber was, wenn ihm ein anderes Schlupfloch entgangen war? Was, wenn der Bruder in der Nacht zurückgekommen war, sie befreit und mit sich genommen hatte?

Aber Vesna war noch da. Thommes war verlegen, als er die Bettpfanne mit dem Hinweis »Toilette« brachte.

Aber sie summte nur.

»Hast du Hunger?«

Summen.

»Ich bringe dir etwas zu essen.«

Summen.

Es war zum Verrücktwerden.

Ratlos schaute Thommes sich in seiner Küche um. Hier hatte er noch nicht investiert. Hier gab es noch den alten, weißen Schrank aus Schleiflack von seiner Mutter mit der Häkelgardine hinter den beschlagenen Glasscheiben, den weißen, wackligen Küchentisch mit der geblümten Wachstuchdecke und der Schublade, die sich nicht mehr öffnen ließ. Nur eine Spülmaschine und ein moderner E-Herd hatten Einzug gehalten. Weil Thommes mit Gasherden ein mentales Problem hatte. Sein Onkel war Opfer einer Gasexplosion geworden.

Was mochte ein Mädchen wie sie wohl gern zum Frühstück? Cornflakes oder wie diese Dinger hießen, die in den Supermärkten in großen Kartons standen und auf denen Tiger oder Bären abgebildet waren, mit dem Versprechen, man würde ebenso stark und mutig werden, wenn man so viel wie möglich von diesem Zeugs in sich hineinstopfte? Ob sie Eier mochte? Gekocht oder gebraten? Oder vielleicht einen Grießbrei? Den hatte er als Kind geliebt. Am liebsten mit Rosinen.

Cornflakes nicht und Eier auch nicht, entschied Thommes. Grießbrei auch nicht. Es gab keinen Grund, sie zu verwöhnen. Trockenes Brot musste reichen. Er schnitt zwei dicke, ovale Scheiben vom Bauernbrot ab und bestrich sie dann doch dünn mit Butter. Und er spendierte noch Marmelade, davon gab es reichlich im Hause. Die Regale im Keller standen randvoll mit Gläsern, Marmelade und Einweck-Obst, mehr als ein einziger Mensch in seinem ganzen Leben essen konnte. Dazu ein Glas Milch – und schon kam er sich großzügig und mildtätig vor. Wenn das Mädchen länger blieb, das hieß, wenn er länger brauchte, um zu entscheiden, was mit ihr geschehen sollte, würde er endlich die ewigen Vorräte im Keller quitt.

Das Glas wackelte, die Milch schwappte über den Rand und tröpfelte auf das Marmeladenbrot, als er mit dem Tablett balancierend vors Haus trat. Vorsichtig nahm er die Stufen, erst als er auf dem Hof stand, hob er den Blick vom Tablett. Die Kinnlade fiel ihm herunter.

Das durfte nicht wahr sein!

Am Stalltor machte sich der Fremde vom Vortag zu schaffen. Rotes T-Shirt, blaue Jeans, weiße Schuhe, schwarze Haare bis zur Schulter.

»Hey!«, brüllte Thommes.

Das Tablett glitt aus seinen Händen und knallte auf den Boden. Glas und Teller schepperten. Scherben sprangen. Die Milch floss übers Marmeladenbrot. Thommes sprang mit einem Riesenschritt darüber.

Der Mann presste Rücken und Hinterkopf ans Tor, hob die Hände, machte die Beine breit und rief. »Meine Schwester!«

Thommes spürte seinen Puls bis in die Haarspitzen. »Ich werd dir helfen.« Jetzt war er es satt. Endgültig. Mit wenigen Schritten war er bei dem Mann, packte ihn, schüttelte ihn, dass sein Kopf hin und her flog wie bei einer Puppe, und schleuderte ihn mit dem Gesicht in den Staub zu Boden. Er setzte einen Fuß auf dessen Rücken und bohrte ihm das derbe Profil seiner Arbeitsschuhe in die Rippen. Der Mann zappelte wie ein Fisch auf dem Trockenen und schrie und jammerte.

Thommes reckte sich, zog die Abdeckplane vom alten Werkzeug, das neben dem Stall in einem wüsten Durcheinander lag, angelte den Spaten heran, ließ das rostige Blatt über den steinigen Boden schaben, packte den krummen Stiel mit beiden Händen, holte aus und versetzte dem Mann den ersten Schlag auf den Hinterkopf. Treffer. Blutspritzer sprangen umher. Dann schlug er vom Nacken bis zu den Fersen auf ihn ein, von den Fersen bis zum Kopf, schlug, schlug, schlug, bis das Zappeln und Jammern ein Ende hatte. Für immer. Thommes stützte sich auf den Spaten und betrachtete sein Werk. Dieser Mann würde nicht mehr auf seinen Hof kommen.

Nie mehr.

Vesna!

Thommes' Blicke flogen zwischen dem Mann und dem Stalltor hin und her. Sie musste alles mit angehört haben. Er ließ den Spaten fallen, warf die Plane über den Toten, stürzte in den Stall und stellte seine Ohren auf. Wo war das Summen geblieben? In seinen Ohren tobte ein anderer Krieg. Nach wenigen Schritten durch den dunklen Gang schloss er die Tür zum Nebenraum auf. Durch die Ritzen zwischen den Schalbrettern vor dem Fenster fiel eine schwache Spur Tageslicht.

Da saß sie, als wäre nichts geschehen.

So eine Erleichterung.

Die Beine angezogen und mit den Armen umklammert, wippte sie auf und ab. Als wollte sie das für den Rest ihres Lebens tun. Und sicher summte sie auch, nur konnten Thommes' Ohren diese leisen Töne gerade nicht vernehmen.

Gesehen konnte sie nichts haben, aber die Schreie ihres Bruders musste sie gehört haben. Es waren Todesschreie!

Thommes brauchte Gewissheit. In einer Ecke des Zimmers entdeckte er einen Holzknüppel, schlug auf den Wassereimer ein und entfachte ein Trommelfeuer, das einen toten Soldaten aus dem Grenzgraben hätte verjagen können.

Vesna hörte auf zu wippen und drehte sich langsam um.

Der Holzknüppel blieb in der Luft hängen.

Taub war sie also nicht. War das gut? War das schlecht? Thommes wusste es nicht.

Das erste Mal, dass er in ihr Gesicht sah. Ein schmales Gesicht, das voller Angst und Traurigkeit war. Die großen, dunklen Augen, die feucht aussahen, als hätte sie geweint, gerade Augenbrauen darüber, eine Stupsnase und ein offenstehender Mund. Eine kleine Schönheit.

Sie stand auf. Sie zitterte und warf ihre dunklen Locken zurück. Sie reichten ihr bis auf die Schultern.

»Keine Angst.« Er hob beschwichtigend die Hände.

Sie kreuzte die Arme schützend vor dem mageren Oberkörper. Sie war kein Kind mehr. Und ihr Anblick weckte neue, andere Gefühle in ihm. Sie war nicht nur eine Zeugin.

Er legte den Holzknüppel ab, vorsichtig, damit er keinen neuen Lärm verursachte.

»Hast du Hunger?

Sie nickte zaghaft.

»Ich bringe dir etwas zu essen.«

Nicken.

Er stand schon in der Tür, als er ein geflüstertes »Danke« hörte.

Sprechen konnte sie also auch. Sogar in deutscher Sprache. Zumindest ein Wort. Thommes wusste nicht, ob er sich darüber freuen sollte. Es war zum Verrücktwerden.

Draußen stieg er über den Mann unter der Abdeckplane hinweg, stellte den Spaten zurück, klaubte das Frühstück aus dem Staub, über das sich schon die ersten Ameisen hergemacht hatten, kippte es in die Tonne neben der Haustür, Teller und Glas gleich mit. Während er in der Küche neue Marmeladenbrote schmierte, überlegte er, was er mit dem Mann machen sollte.

Als er neue Milch in ein neues Glas füllte, wusste er es und rief Richy an.

7. Kapitel

Erstaunt blickte Vesna auf den kleinen, weißen Teller und das Glas Milch, das der Mann vor ihre Füße gestellt hatte. Zwei Scheiben Brot, Butter und Marmelade, so wie es Baba, ihre Großmutter, zu Hause in Zagreb für sie gemacht hatte, wenn sie traurig war. Woher wusste der Mann das?

Vesna bückte sich, griff mit beiden Händen nach einer Scheibe und führte sie mit zitternden Fingern zum Mund. Sie war ausgehungert. An dem Morgen ihrer Flucht hatte sie das letzte Mal etwas gegessen. Wie lange war das her?

Sie roch an der Marmelade und sah Babas lächelndes Gesicht vor sich, Babas kleine, dunkle Augen, die faltigen Wangen, die grauweißen Haare zu einem Knoten zusammengebunden, den weißen Spitzenkragen und das goldene Medaillon, den einzigen Schmuck, den sie auf ihrer schwarzen Kleidung trug.

»Iss, meine Kleine«, hörte sie Baba sagen.

Vesna biss ins Marmeladenbrot. Es schmeckte süßer als bei Baba, und sie verschlang die erste Scheibe, trank das Glas Milch gierig leer und stürzte sich auf die zweite Scheibe.

Nebenbei tippte sie wieder und wieder auf das Display ihres Handys und versuchte es in Gang zu setzen, obwohl sie wusste, dass der Akku leer war. Sie konnte Baba nicht mehr anrufen, um ihr zu sagen, dass sie auf dem Weg zu ihr sei.

Zurück nach Zagreb für immer, nicht nur für die Wintermonate, von November bis Februar, wenn es zu kalt war, um auf den deutschen Straßen zu stehen. Sie wollte nach der Schule aufs Konservatorium gehen, abends von Baba unterrichtet werden, die selbst eine Sängerin gewesen war und sie am Klavier begleitete, üben, vorsingen, singen, singen, singen … das war es, was Vesna wollte. Klassische Musik, Arien, nicht die Lieder, die sie mit ihren Eltern, Tanten, Onkeln, Brüdern und Schwestern auf der Straße für ein paar Münzen singen musste. Ein Repertoire von zwanzig gängigen Volksliedern, die sie nicht mehr hören konnte, die sie mit größer werdendem Widerwillen singen musste.

»Vesna hat ein seltenes Talent«, hatte Baba ihren Vater erst im Februar wieder beschworen. Vesna hatte hinter der Tür gestanden und das Gespräch belauscht. Sie hatte gebetet, dass Baba ihre Eltern dieses Mal überzeugen konnte, Vesna bei ihr zurückzulassen, wenn die Familie nach Deutschland aufbrach. Sie war dreizehn Jahre alt und sollte, wenn sie im November nach Zagreb zurückkam, von der Schule abgehen und eine Stelle in einem Kaufhaus annehmen.

»Dario, verschleiß ihre Stimme nicht auf der Straße«, warnte Baba ihren Sohn. »Sie muss aufs Konservatorium.«

»Konservatorium! Ha!«, rief er aus mit seiner mächtigen, dröhnenden Stimme. »Wenn ich das schon höre! So ein Blödsinn! Wovon sollen wir das bezahlen? Bin ich ein Goldesel? Hast du vergessen, was mein Vater gesagt hat?«

»Natürlich weiß ich, was Josip gesagt hat«, sagte Baba entrüstet.

Josip war das Oberhaupt der Großfamilie Horvat. Sie wusste, dass sie Josip hinterging, wenn sie ihren Sohn anflehte, Vesna aus dem Chor zu nehmen. Aber der Moment war günstig. Josip war unterwegs, traf sich mit alten Freunden in einer Bar.

»Dario, mein Sohn, hör mir zu«, fuhr Baba fort, »Vesna kann bald echte kleine Konzerte geben, nicht auf der Straße, sondern in feinen Sälen vor großem Publikum. Sie wird Geld verdienen, mehr als ihr euch vorstellen könnt. Sie wird einmal so berühmt werden, dass die ganze Familie davon in Reichtum leben kann. Ein Haus für jede Schwester, jeden Bruder, Autos, so viele ihr wollt und …«

Dario lachte sein böses Lachen. »Du wirst langsam verrückt, Mama!«

Vesna hörte seine Schritte im Wohnzimmer, die auf dem Dielenboden knarrten. Er lief auf und ab und ließ seine Hosenträger aufs Hemd flitschen. »Hast du wieder im Kaffeesatz gelesen?«

»Ich bin es nicht allein, die das sagt. Ich habe einen jungen Kollegen gebeten, sie einmal anzuhören. Er war begeistert.«

»Ohne uns zu fragen?«, empörte sich Dario.

Eine gefährliche Pause entstand. Vesnas Vater konnte sich nur selten beherrschen. Aber noch schien der Zorn nur in seinem Inneren zu toben.

»Was sagst du denn dazu, Marija?«, fragte Baba schließlich.

Von Vesnas Mutter war kein Wort zu erwarten, aus Angst vor dem heiligen Zorn ihres Mannes, der die Familie in eine tagelange Tragödie versetzen konnte.

Vesna ballte die Fäuste. Hinter dieser Tür ging es um ihre Zukunft, um ihr Leben, und sie durfte nicht einmal dabei sein. Ein anderer entschied über ihren Kopf hinweg über ihr Leben. Einer, der nicht wusste, wie es war, eine Melodie im Kopf zu haben, die man singen wollte, singen musste, weil man sonst daran ersticken würde.

»Setz ihr keine Flausen in den Kopf, Mama«, warnte Dario. »Du weißt genauso gut wie ich, dass ihre Stimme unseren Chor trägt. Ohne sie sind wir nur halb so gut. Hör endlich auf. Sie kommt mit uns. Schluss. Aus. Ich will nichts mehr hören.«

»Denk doch an ihre Geschwister«, mahnte Vesnas Mutter zögernd.

Typisch, dachte Vesna. Das oberste Gebot ihrer Mutter war Harmonie in der Familie. »Sie werden eifersüchtig auf Vesna sein, wenn sie eine Sonderrolle spielen darf. Willst du das? Ist es das wert?«

»Ja! Ja! Ja!«, rief Baba aus voller Brust. »Das ist es wert! Und wie! Alles ist es wert. Aber so wird es nicht kommen, mach dir keine Sorgen. Sie lieben Vesna.«

Vater fluchte und seine Schritte näherten sich der Tür, hinter der Vesna stand, sie wurde aufgestoßen und die Klinke prallte gegen ihre Brust.

»Du belauschst uns!«, tobte ihr Vater und blickte auf sie herab.

»Ich … ich …«, stammelte sie.

»Du hast gehört, was ich entschieden habe. Alles andere kannst du dir aus dem Kopf schlagen.«

Ihre Mutter kam heraus, folgte ihm und bettelte. »Warte, Dario, warte!« Ihrer aufgelösten Tochter schenkte sie keinen Blick. »Baba hat es nicht so gemeint.«

Baba saß im Wohnzimmer und winkte Vesna zu sich. Vesna fiel vor ihr auf die Knie und legte den Kopf in ihren Schoß. Baba strich ihr liebevoll über die Haare. »Meine Kleine«, flüsterte sie.

»Baba«, stieß Vesna hervor und begann zu weinen.

»Sei nicht traurig, alles wird gut, du bist ein mutiges Mädchen.«

Es war die Erinnerung an diesen Satz, der Vesna vor zwei Tagen die Kraft gegeben hatte, mitten im Konzert in Trier einfach abzuhauen. Endgültig abzuhauen. Für immer. Nicht wie die anderen Male vorher, wenn sie nach einem »Ausflug« am Abend reumütig zu ihrer Familie zurückkehrte, weil sie Angst vor dem Alleinsein hatte.

Es war ein günstiger Moment gewesen, als die Männer ihre Familie als Zigeuner beschimpft und sich über sie lustig gemacht hatten und die Polizisten sich eingemischt hatten. Das war nicht das erste Mal gewesen, aber diesmal hatte Vesna es nicht länger mit einem Lächeln ertragen können.

Sie war in der Zuschauermenge untergetaucht, in die Kirche neben dem Marktplatz geflohen, vorbei an der Putzfrau, die auf Knien das hölzerne Eingangstor putzte, über einen Staubsauger gestolpert, der im Mittelgang stand, und hatte sich in einem der Beichtstühle versteckt. Dort betete sie mit fliegendem Atem, wartete, horchte und linste durch das hölzerne Gitter. Als die Kirche leer war, schlüpfte sie durch einen Nebenausgang hinaus.

Sie kannte sich aus in Trier. Sie schaffte es durch die Fußgängerzone bis zu der großen, schwarzen Ruine, erwischte den nächsten Bus zum Bahnhof und sprang in einen Zug nach Köln. Für eine Fahrkarte hatte sie kein Geld und keine Zeit.

Von Köln wollte sie nach Zagreb.

An der Bahnstation Kall – wo im Ortsteil Urft der Campingplatz *Urftwiesen* lag, auf dem ihre Familie fast zwei Drittel eines jeden Jahres verbrachte – hatte sie für eine Sekunde geglaubt, auf dem Bahnsteig Onkel Ivo gesehen zu haben. War er eingestiegen? Als der Zug anfuhr, drängelte Vesna sich in einen anderen Waggon, hielt es als blinder Passagier nicht lange aus und sprang eine Station weiter in Scheven wieder hinaus. Dort nahm sie einen Bus, irgendeinen Bus in irgendeinen Ort. Der Ort, wo der Busfahrer sie hinauswarf, weil sie keine Fahrkarte hatte, hieß Gemünd.

Sie überquerte einen Fluss über eine Brücke und hetzte einen steilen Berg hinauf in einen Wald hinein, ohne zu wissen, wo sie war und wohin der Weg sie führte. Auf dem Weg ins Nirgendwo stolperte und strauchelte sie, hielt sich an Zweigen und Halmen fest.

In einer Schutzhütte an einer Wegkreuzung ruhte sie sich aus und ließ sich auf eine schmale Holzbank fallen. Ihr fliegender Atem kam langsam zur Ruhe, ihre

Augenlider wurden schwer, und schließlich streckte sie sich aus, rollte auf die Seite, zog die Beine an und bettete den Kopf auf ihren Arm. Sie sah hinaus, und ihre Blicke folgten einem kleinen Pfad, der sich zwischen den Baumstämmen verlor.

Sie musste eingeschlafen sein, denn als sie die Augen wieder öffnete, war es Nacht. Sie hörte Sirenen heulen, trat aus dem Holzhaus, und Brandgeruch stieg in ihre Nase. Da war plötzlich ein Feuer über den Baumwipfeln. Lichterloh. Rauchwolken und Flammen stiegen in den Himmel auf. Polizei und Feuerwehr, Männer und Frauen und Hunde schienen überall zu sein. In Panik hetzte Vesna davon.

Weit offen stand das Tor einer Lagerhalle, zwei Männer liefen mit Kartons hin und her, Vesna überlegte nicht lange und huschte hinein, unbemerkt und im letzten Moment, denn das Tor wurde hinter ihr verschlossen. Es herrschte Dunkelheit. Sie kauerte sich auf den Boden. Es roch wie in einem Stall. Kartons, wohin sie auch fasste und stieß. Im Hintergrund erhob sich schemenhaft eine Wand aus Stroh. Sie fand eine Lücke zwischen den Kartons, wo sie auf ein Bett aus Strohhalmen kriechen konnte.

Kurz darauf wurde das Tor wieder aufgestoßen, und die beiden Männer kamen herein. Sie bemerkten sie nicht, gingen nah an ihrem Versteck vorbei in einen anderen Raum.

»Hier pack dich hin!«, befahl der eine.

Schritte, Rumpeln und Stöhnen verrieten ihr, dass der andere Mann sich hinlegte. Er schnarchte die ganze Nacht. Vesna machte kein Auge zu.

Am frühen Morgen wieder Rumpeln, Schimpfen, Fluchen, ein Aufprall, Schritte, Stimmen, ein Auto fuhr weg. Es dauerte eine Weile, ehe Vesna sich aus ihrem Versteck wagte und den Platz, wo der Mann geschnarcht hatte, suchte. Es war ein kleiner Raum hinter einer offenen Tür mit einem Fenster, das offenstand. Ein Wasserhahn! Ihre Lippen waren trocken. Ihre Zunge klebte am Daumen. Aber es gelang ihr nicht, den Hahn aufzudrehen.

Zeit verstrich, aber Vesna hatte jedes Gefühl dafür verloren. Plötzlich hörte sie jemanden ihren Namen rufen.

»Vesna! Vesna?«

Mario? Konnte das Mario sein?

Sie erstarrte und hielt den Atem an. Sein Smartphone musste sie geortet haben, noch bevor sich ihr Akku verabschiedet hatte.

Wieder und wieder rief er ihren Namen. Vesna hielt sich die Ohren zu.

»Verschwinde, sonst rufe ich die Polizei«, drohte eine Männerstimme.

»Keine Polizei«, stieß Mario hervor und das war das Letzte, was sie von ihm hörte.

Sie rechnete fest damit, dass der Mann sich nun sofort auf die Suche nach ihr machen würde. Und er würde sie finden, ihr Versteck war nicht sicher. Aber es dauerte Stunden, ehe er den Stall betrat und sie seine Stimme hörte, ganz nah.

»Hallo?«

Ein Schauder durchlief sie. Sie stellte sich taub und stumm, aber das Summen in ihr wollte einfach nicht aufhören.

»Bist du Vesna?«

Sie kniff die Augen fest zu, duckte sich und wartete, dass Unheil auf sie niederprasselte. Die Angst war wie ein Brunnen, in den sie gefallen war. Aber der Mann drehte nur den Wasserhahn auf, ließ das Wasser in den Eimer laufen, schloss das Fenster, verriegelte es, zerpflückte den Strohballen, der als Stufe gedient hatte, und verschloss die Tür des Nebenraumes mit einem ohrenbetäubenden Lärm.

Frisches Wasser. Sie konnte trinken und sich waschen, Hände, Arme, Beine und die Füße, die vom Lauf durch den Wald schmutzig waren. Sie wünschte, sie hätte frische Wäsche. Sie öffnete das Kopftuch, schüttelte die Haare aus und fuhr sich mit den nassen Händen durch die Strähnen. Mit dem Zeigefinger versuchte sie ihre Zähne zu reinigen. Den Rest des Tages verbrachte sie im Halbschlaf.

Am nächsten Morgen brachte der Mann einen silbernen Topf mit einem langen Stiel und stellte ihn in eine Ecke des Zimmers. »Toilette«, sagte er dazu. Baba hatte auch so einen Topf, weil in ihrem Haus die Toilette draußen im Hinterhof war und sie in der Nacht Angst hatte hinauszugehen, wegen der Soldaten.

Eine Zeit lang war Ruhe, dann hörte sie jemanden am Stalltor rütteln.

»Vesna!«

Mario! Er war zurückgekommen.

Geschirr ging irgendwo zu Boden. Tritte und Schläge, Schreie, Flüche. Hiebe und Stöhnen ... Schritte kamen näher, begleitet von keuchendem Atem, Tor und Tür wurden aufgerissen. Vesna zog die Beine an, umklammerte sie mit den Armen, legte den Kopf auf die Knie. Baba summte in ihr.

Plötzlich ein Trommelfeuer. Schüsse! Wie sie sie viel zu oft in ihrer Heimat in der Ferne gehört hatte. Jetzt waren sie ganz nah. Aber sie wurde nicht getroffen. Vesna sprang auf und war erleichtert, den Mann zu sehen und nicht Mario. Sie kreuzte die Arme schützend vor dem mageren Oberkörper.

Er stellte den Eimer ab, legte den Holzknüppel hinein, vorsichtig, damit er keinen neuen Lärm verursachte.

»Hast du Hunger?«

Sie hatte sehr großen Hunger und nickte.

»Ich bringe dir etwas zu essen«, versprach er.

»Danke«, sagte sie.

Kein leeres Versprechen. Vesna leckte sich über die Lippen und schmeckte noch einen Rest Milch. Er ist ein guter Mann, dachte sie und wünschte, sie wüsste, wie er hieß. Er hatte sie vor Mario beschützt. Wenn die Zeit kam, würde sie ihm erklären, warum sie in seinen Stall geflohen war und ihm so viele Mühe machte, warum sie nicht herausgekommen war, als Mario nach ihr rief. Ihr Deutsch war gut genug dafür. Vielleicht würde er ihr sogar helfen, nach Zagreb zurückzukehren. Vielleicht würde er sie nach Köln bringen und ihr eine Fahrtkarte nach Zagreb kaufen.

Sie stellte das leere Glas ordentlich auf den leeren Teller und hockte sich auf den staubigen Boden, zog die Beine an und umklammerte sie mit den Armen. Sie legte den Kopf auf die Knie und begann, auf und ab zu wippen. Und sie stellte sich vor, dass Baba sie in ihren Armen hielt. Ganz fest und sie wie ein Baby wiegte und dazu summte. Das Summen kam tief aus ihrem Inneren.

DONNERSTAG

8. Kapitel

Ulrich Thommes war hin- und hergerissen. Mal verfluchte und verwünschte er das Mädchen, das in seinem Stall hockte. Mal genoss er das prickelnde Gefühl zu wissen, dass sie gefangen, auf ihn angewiesen und ihm ausgeliefert war.

Vernünftig wäre es, sie den gleichen Weg gehen zu lassen, den ihr Bruder gegangen war. Sie war eine Zeugin. Sie musste die Anlieferung und den Lagerort der Kartons gesehen haben – und Schulze. Wenn das Richy erfuhr, konnte er seine Geschäfte mit ihm vergessen. Dem Mädchen konnte er das Ganze als normal erklären, so war das eben in Deutschland, was verstand so ein Mädchen schon vom Schwarzhandel?

Auf der anderen Seite machte ihm das Mädchen bis auf die nervige Summerei keinen Ärger. Sie mäkelte nicht am Essen herum, aß und trank ganz brav, was er ihr brachte. Sie flehte ihn nicht an, sie freizulassen. Sie schien zufrieden zu sein, in seinem Stall sein zu dürfen. Und er mochte es, wie sie mit ihren großen, schwarzen Augen zu ihm aufsah, als ob ihr Leben von ihm abhing – so scheu, so ergeben.

Das gefiel ihm und weckte nicht nur Fürsorge ihn ihm.

Erbärmlich sah sie aus in ihrem dunkelblauen Kleid, das allmählich mal in die Wäsche sollte. Er hatte ihr in den letzten Tagen nicht nur Mutters alte Matratze, Decke und Kopfkissen gebracht, sondern auch Seife, Shampoo und Handtücher. Sie hatte herumgeplanscht, er hatte die Wasserspritzer an den Wänden gesehen und das Handtuch war nass gewesen. Ihre Haare dufteten und glänzten wie schwarzer Lack. Es schien ihr nichts auszumachen, dass das Wasser nicht warm war. Sicher hatte sie dazu das blaue Kleid ausgezogen und auch die Wäsche darunter.

Wenn Thommes in diesem Augenblick bei ihr gewesen wäre, hätte er die Kleidung an sich genommen. Im Schrank seiner Mutter mussten noch Kleider hängen, in den Schubladen der Kommode noch Wäsche liegen. Seine Mutter war eine kleine, dünne Frau gewesen und hatte dunkle, weite Röcke getragen. Das müsste vorerst reichen. Würde Vesna darin wie eine Vogelscheuche aussehen? Nein, er sah sie vor sich stehen, sie hatte ein hübsches, klares Gesicht und Augen, die jeden Lumpen überstrahlen konnten, wenn sie lächelte.

Thommes würde gern Wäsche und ein Kleid für ein junges Mädchen kaufen. Aber er wusste nicht in welcher Größe, und er fürchtete die neugierigen Blicke und Fragen der Verkäuferin. Er fürchtete, er könnte Spuren legen. Sicher würde Vesna von ihren Eltern vermisst. Sicher waren sie es gewesen, die ihren Bruder geschickt hatten, um nach ihr zu suchen. Und sicher hatten sie bereits die Polizei eingeschaltet und beide Kinder wurden fieberhaft gesucht.

Aber warum berichtete kein Fernsehsender von den Vermissten?

In Gemünd konnte er auf keinen Fall einkaufen gehen, aber in Euskirchen konnte er in ein großes Kaufhaus gehen, wo es anonym war und sich niemand dafür interessierte, was er kaufte. Morgen vielleicht.

Er überlegte auch, ob er es wagen konnte, sie ins Haus zu lassen und ins Badezimmer. Deutlich sah er vor sich, wie sie in seiner fünfeckigen Whirlpoolwanne unter einer duftenden Schaumdecke lag und nur ihr kleines Gesicht noch heraussah. Würde sie lachen, wenn das sprudelnde Wasser sie kitzelte? Oder ängstlich aufspringen und nackt glänzend vor ihm stehen? Bibbernd, hilflos? Vielleicht konnte er ein paar Fotos von ihr machen? Vielleicht würde es ihr sogar gefallen?

Vesna sprang auf, als er wenig später mit einem Korb den Nebenraum betrat. Jedes Mal hatte er das Gefühl, als hätte er sie bei irgendetwas ertappt, was sein Misstrauen erneut schürte. Obwohl es nichts im Raum gab, womit sie sich beschäftigen konnte. Trug sie irgendetwas am Leib? Ein Heft, in das sie schrieb? Ein Handy?

Er zeigte auf den Korb und erklärte das dunkle Knäuel aus Stoffen: »Kleidung.«

»Danke.«

Unschlüssig blieb Thommes stehen, räusperte sich und fragte. »Wie alt bist du?«

Vesna hob beide Hände und spreizte die Finger, dann klappte sie eine Hand weg und hob mit der anderen drei Finger.

»Dreizehn?«, übersetzte Thommes. Er hatte sie für älter gehalten.

»Dreizehn«, wiederholte sie.

»Warum bist du hier?«

Sie hob die Schultern.

»Woher kommst du?«

»Zagreb.«

»Zagreb?«, wiederholte Thommes ungläubig.

Die Hauptstadt von Kroatien war erst letzte Woche eine Quizfrage im TV gewesen. Ehemals ein Teil Jugoslawiens. Seit 2006 unabhängige parlamentarische Republik. Mitglied der NATO und der EU mit der höchsten Arbeitslosenquote bei Jugendlichen in ganz Europa. Thommes spulte sein Wissen ab. Rot, Weiß und Blau waren die Farben der kroatischen Flagge, die sich von der niederländischen nur durch ein zusätzliches Wappen im Schachbrettmuster unterschied. Daher die Farbe der Kleidung, Vesnas und die ihres Bruders.

Thommes hatte es also mit einer Kroatin zu tun.

Kroatien! War das die Erklärung dafür, dass Vesna in den Medien nicht als vermisst galt? Und ihr Bruder auch nicht? Waren die beiden auf der Flucht?

»Und wo willst du hin?«

»Zagreb«, antwortete sie.

Thommes schluckte. Sie war auf der Durchreise, aber das machte es nicht viel besser. Es sei denn, er schaffte sie über die Grenze. Im Kofferraum seines Mercedes. Wie im Film.

»Hast du ein Handy?«

Er war sicher, dass sie lügen würde. Alle jungen Leute hatten ein Handy. Aber sie zog ein billiges, demoliertes Smartphone aus der Tasche ihres Kleides und streckte es ihm entgegen. »Leer.«

Er überprüfte es. Es reagierte auf keinen Fingertipp. Der Akku war leer. Vorsichtshalber nahm er die SIM-Karte heraus, gab ihr das Handy zurück und begann: »Dein Bruder …«

Sie zuckte zusammen, verschränkte die Arme vor der Brust und trat einen Schritt zurück. Sie hatte keine Angst vor ihm, wurde Thommes schlagartig klar, sie hatte Angst vor ihrem Bruder.

»Wie ist sein Name?«

»Mario.«

»Mario wird nicht wiederkommen.«

»Danke«, murmelte sie ungläubig und ließ die Arme sinken.

Thommes war erleichtert, er hätte da noch andere Fragen, aber nicht heute, beschloss er, für heute war es genug. Er überlegte, ob er ihr etwas zu lesen bringen konnte, eine CD und einen CD-Player, Papier und Stifte. Sie musste sich doch langweilen.

»Heute gibt es Eintopf«, kündigte er an und führte die Finger zum Mund, für den Fall, dass sie das Wort nicht kannte.

Sie lächelte.

Es war Nachmittag, Thommes saß wieder an seinem Rechner und ging seinen Geschäften nach. Arbeit lenkte ihn ab. Sie spiegelte ihm Normalität vor und brachte ihm ein wenig Sicherheit zurück in all der Ratlosigkeit. Die Verkäufe liefen gut, er musste heute noch Pakete zur Post bringen, das Geld war eingegangen. Eine neue Lieferung von Schulze konnte er hinauszögern. Das Lager war voll. Und Nerven für einen wie Schulze hatte Thommes jetzt nicht.

»Vesna!« Der Ruf kam vom Garten.

Thommes schrak vom Monitor hoch.

Rotes T-Shirt, blaue Jeans, weiße Sneaker, schwarze Haare bis auf die Schulter. Mario! Der Kroate war wiederauferstanden.

»Vesna! Vesna!«

Nein! Nein! Das durfte nicht wahr sein! Thommes kniff die Augen zu, aber als er als sie wieder öffnete, stand da immer noch Rot-Blau-Weiß in seinem Garten. Er fasste sich in den Nacken. Der Anblick verschwamm vor seinen Augen und verformte sich zur kroatischen Flagge. Auf Thommes' Kopfhaut kribbelte es, als hätten sich dort Ameisen ein Nest gebaut. Seine Augenlider flatterten. Die Papiere und der Stift waren ihm längst aus den Händen geglitten. Seine Knie drohten einzuknicken, er musste sich an der Schreibtischplatte festhalten.

Diesen Mann hatte er erst gestern eigenhändig erschlagen. Und Richys Kumpel hatten ihn entsorgt. Wieso stand er jetzt wieder in seinem Garten herum? Ohne Blut, Wunden, Dreck. Sein T-Shirt war nicht zerrissen, sein Gesicht nicht zerschunden und sein Handy, das Thommes zertrümmert hatte, hatte er auch wieder unversehrt in der Hand.

Fing es so an, wenn man verrückt wurde? Mit Halluzinationen, Déjà-vus, Erscheinungen, Visionen? Glaubte man, Dinge getan zu haben, die man nicht gemacht hatte? Sah man Dinge voraus, die man noch tun würde? Oder konnten Menschen wiederauferstehen? Manche Menschen glaubten daran. Er nicht. Bisher nicht. Der Mann erschien zum dritten Mal – war die Drei nicht eine magische Zahl?

»Vesna!«

Thommes schlug die Hände auf die Ohren. Er wollte nicht verrückt werden. Er wollte, dass das alles aufhörte und er sein altes Leben zurückbekam. Sein einfaches, gutes, harmloses Leben. Was waren schon ein paar dunkle Geschäfte gegen das, was ihm hier angetan wurde?

»Vesna!«

Er war das Opfer eines grausamen Spiels geworden. Jemand versuchte, ihn fertigzumachen. Das nur, weil Schulze zu spät geliefert hatte. Schulze war schuld! Schulze hatte Schuld an der ganzen Misere.

»Vesna!«

Wenn er sich still verhielt und nichts unternahm, verging der Anfall dann von allein? Wenn er sich einfach an den Schreibtisch setzte und weiterarbeitete und nicht mehr in den Garten sah, verschwand dann die Erscheinung von allein? Wenn er Musik in seinem Rechner laufen ließ, verstummten dann die Rufe von allein?

Thommes presste die Fäuste vor die Augen und zählte die Sekunden, 20, 21, 22, 23 … Länger als zwei Minuten hielt er es nicht aus, nicht hinzusehen.

Und siehe da, der Garten war leer! Die Erscheinung hatte sich aufgelöst. Wie weggebeamt. Der Albtraum war vorbei. Thommes atmete auf und rieb sich erleichtert die schweißnasse Stirn. Das war der Stress, kein Wunder, dass er Dinge sah, die es nicht gab.

»Jetzt brauch ich aber einen Schnaps.« Er goss sich einen Cognac ein, einen alten *Hennessy* aus dem Barschrank. Als er daraus mit zitternden Händen einen doppelten machte, klingelte es.

Frau Heckel, wer sonst, obwohl es nicht Mittag war. Heute freute er sich über ihren Besuch. Er konnte es kaum abwarten, von ihrem Rheuma zu hören oder ihr eine Birne in einer Lampe zu wechseln, das würde ihn von Erscheinungen und dergleichen Zauberkram abbringen.

Frau Heckel klingelte wieder.

»Ich komme ja schon.« Thommes kippte den Cognac herunter.

Da schlug eine Faust gegen die Haustür, dass die Glasscheibe klirrte und Thommes es nur mit Mühe schaffte, den Cognac nicht wieder auszuspucken. Wie in Trance stellte Thommes das Cognacglas ab, betrat den Flur und sah an dessen Ende durch die geriffelte Scheibe der Haustüre … die kroatischen Farben.

Schwarze Haare wurden gegen die Scheibe gepresst, eine Stirn, eine Nase, ein offener Mund. Eine Fratze. Zwei ausgebreitete Hände stemmten sich in Kopfhöhe ab. Ein Monster.

Das war nicht Frau Heckel, so viel war klar.

Vier Schritte trennten Thommes noch von der Tür, er krempelte den rechten Ärmel seines Hemdes hoch, mit offenem Mund stieß er Luft aus und pumpte seinen Brustkorb auf. Sein Arm wurde zur Stange, seine Hand zum Stein. Begleitet vom Kiai, der tief aus seinem Bauch kam, fuhr die Stange bis zum Ellbogen durch die Scheibe, als wäre sie ein Blatt Papier.

Eine Explosion aus Scherben und Blut stob auf. Der Kroate vor der Haustür fiel um wie ein Baum. Thommes zog seinen Arm zurück betrachtete ihn, er hatte Glassplitter und Kratzer abbekommen, aber er spürte keinen Schmerz. Adrenalin pur ließ ihn über den Dingen schweben. Er war nicht verrückt, er war ein Kämpfer. Ein Sieger!

Mit der unverletzten Hand öffnete er die Haustür, trat mit stolz geschwellter Brust hinaus und blickte auf den Kroaten im Staub. Tot war der nicht. Er wimmerte noch. Wie es um sein Gesicht bestellt war, konnte Thommes vor einem Brei aus Blut und Schleim nicht erkennen. Wenn der Kroate nie mehr etwas sehen können würde, konnte das Thommes nur recht sein.

Er ging um den Kroaten herum. Der war größer und nicht so knochig wie der erste Kroate. Nicht wie Mario, den er erschlagen hatte. Der hier am Boden war ein anderer Kroate. Von wegen Erscheinung.

Gleich fühlte Thommes sich besser und trat dem Kroaten gegen die Beine. »Steh auf!«

Der Kroate rappelte sich auf, strauchelte, stolperte.

Thommes trat wieder. »Verschwinde.«

Er konnte sich kaum auf den Beinen halten, knickte ein, fiel hin.

»Sonst hole ich die Polizei!«

Er kroch davon.

Thommes blickte ihm nach. Hätte er ihn nicht besser auch erschlagen sollen? Irgendetwas hatte ihn daran gehindert. Er wusste nicht genau, was es war. Und er ärgerte sich jetzt darüber. Es war ein Fehler gewesen, nur mit ihm zu spielen wie die Katze mit der Maus, ohne sie am Ende zu fressen. Aber vielleicht erledigte sich das Problem auch von selbst. Der Kroate war am Ende. Der kam nicht weit.

»Wie viele Brüder hast du, he?«, fuhr er Vesna an, als er die Tür zum Nebenraum aufstieß. Seine Stimme war nicht mehr leise und er wollte kein Vertrauen mehr erwecken.

Sie presste die Lippen aufeinander und starrte ihn an, als hätte sie ihn noch nie gesehen.

»Spiel bloß nicht wieder die Taubstumme! Wie viele?«

»Drei«, flüsterte sie.

Jetzt waren es nur noch einer und ein halber, sagte sich Thommes. Wann kam der dritte? Er war bereit und ballte die Fäuste, sein Bizeps schwoll an. Als sein Blick auf die Metallringe an den Wänden und die Ketten fiel, durchfuhr ihn ein Gedanke.

9. Kapitel

Zwischen jungen Bäumen, blühenden Hecken und Blumenrabatten waren auf dem Campingplatz *Urftwiesen* großzügige Plätze mit Strom- und Wasseranschlüssen für Wohnwagen und Wohnmobile eingerichtet. Ein Maschendrahtzaun schützte die gesamte Anlage. Niemand kam an den Blicken des Platzwartes Egon Fischer vorbei, da musste man schon vom Himmel fallen oder durch die Urft schwimmen. Und konnte gleich wieder umkehren, denn Fischer kannte jedes Gesicht und wusste, wer wohin gehörte und wer ein Fremder war.

Auf den besten Plätzen, am Ufer der Urft, standen die Dauercamper in Reih und Glied. Sie hatten sich ordentlich eingerichtet, mit kleinen, umzäunten Gärten, Terrassen und fest installierten Vorzelten. Dort fehlte es ihnen an nichts: Satellitenschüssel, Fahnenmast, Außengrill, wie zu Hause, manchmal vielleicht sogar schöner. Für die kleinen Zelte der Wanderer, Radfahrer und Motorradfahrer waren gesonderten Stellplätze unter Bäumen reserviert.

Zentrum und Treffpunkt waren das Waschhaus, ein Biergarten und ein kleines Fußballfeld. Im Kiosk an der Schranke verkaufte der Platzwart Zeitungen, Brötchen und Getränke. Er kontrollierte die Ein- und Ausfahrten und achtete darauf, dass man die Platzregeln, die nicht nur auf einem großen, weißen Schild aushingen, sondern jedem Camper mit dem Mietvertrag ausgehändigt wurden, genau einhielt. Verstöße gegen die Regeln wurden mit Platzverweis belegt.

Für die Großfamilie Horvat war ein gesondertes Areal von etwa sechshundert Quadratmetern reserviert, das am Ende des Campingplatzes durch ein Tor zu befahren war und keinen direkten Zugang zur Urft hatte. Früher war dieser Platz für Mannschaftszelte von Jugendgruppen bestimmt, aber die jungen Leute hatten nichts als Unruhe und Ärger gebracht, sie feierten die Nächte durch, hinterließen Schmutz und Dreck und legten sich mit den anderen Campern an. Seit einigen Jahren standen dort von März bis Oktober die fünf Wohnwagen und fünf Autos der Horvats. Große, alte Karosserien mit kroatischen Kennzeichen.

Die Wohnwagen bildeten einen Kreis, eine Wagenburg, standen dicht an dicht, sodass man gerade noch zwischen ihnen über die Anhängerkupplungen klettern konnte. Die Eingangstüren zeigten zum Inneren des Kreises, wo eine lange Reihe von Campingtischen aneinandergestellt war. Die Anzahl der Stühle war so schnell nicht zu erfassen. Vor jedem Wohnwagen stand eine Kochstelle. Es hatte sich mit der Zeit herumgesprochen, dass es sich bei den Horvats um einen Chor handelte, der zu seinen Auftritten in verschiedene Städte in der Umgebung fuhr und dort in den Fußgängerzonen sang. Drei der Autos verließen jeden Morgen den Campingplatz und kehrten erst am Abend zurück. Vor Ort blieben eine Handvoll Frauen und kleine Kinder. Die Frauen kochten, wuschen Geschirr oder Wäsche, die Kinder spielten.

Ruhig und ordentlich ging es in der Wagenburg zu, das war die Bedingung gewesen, als Egon Fischer der Großfamilie das Areal überließ. Es waren freundliche Leute, die jeden grüßten. Abends hörte man sie oft singen und lachen, nicht so laut, dass es störte, nur eine angenehme Hintergrundmusik, bei der es den übrigen Campern noch möglich war, den Sendungen im TV zu folgen. Sie wurden akzeptiert, nicht nur geduldet. Keine Freundschaften, aber eine gute Nachbarschaft hatte sich entwickelt. Die Kinder spielten zusammen, die Männer tranken zusammen, die Frauen schwatzten zusammen.

Bis auf wenige Ausnahmen. Einigen Dauercampern war es ein Dorn im Auge, dass jeden Morgen drei voll besetzte Autos über den Platz rollten, obwohl dies mit großer Rücksicht geschah, andere wussten zu berichten, dass die Frauen im Waschhaus warmes Wasser verschwendeten und ihren Abfall wild entsorgten. Ein Mann behauptete, sich Sorgen um die Sicherheit seiner Frau machen zu müssen.

»Haben Sie auch schon die Wäsche von der Leine gestohlen?«, parierte Fischer. »Lasst mir die Horvats in Ruhe. Die tun niemandem etwas!«

»Dann suchen wir uns eben einen neuen Platz.«

»Macht das!«, rief Fischer und breitete die Arme aus. »Reisende soll man nicht aufhalten.« Er wusste nur zu gut, wie schwierig es war, in der Eifel einen Dauerstellplatz in Ufernähe eines Sees oder Flusses zu bekommen. Solche Plätze wurden praktisch vererbt.

Auch in dieser Woche im Juni gab es kaum noch eine freie Stelle. In den Niederlanden gab es zwar kein Fronleichnam, dennoch trug ein großer Anteil der Autos gelbe Kennzeichen.

Am frühen Abend torkelte Niko Horvat über den Hauptweg des Campingplatzes. Er presste sich sein rotes T-Shirt vors Gesicht. Blut rann von seinen Händen über die Unterarme und Ellbogen und seine nackte Brust. Er hatte Mühe, ein Bein vor das andere zu setzen. Er war froh, dass ihn niemand ansprach, aufhielt, anhielt. Vielleicht bemerkte ihn niemand, alle schienen mit sich selbst beschäftigt. Erkennen konnte er mit jedem Schritt weniger, vor seine Augen hatte sich eine schmierige Schicht aus Tränen und Blut geschoben.

Es grenzte an ein Wunder, dass Niko es zu Fuß von Wolfgarten nach Urft geschafft hatte. Mit dem Auto keine halbe Stunde, zu Fuß eine halbe Ewigkeit, nicht am Straßenrand entlang, damit ihn niemand aufgriff, er war dem Lauf des Flusses gefolgt und hatte sich durch die Büsche schlagen müssen, in der Hoffnung, keinem Wanderer oder Förster zu begegnen.

Nachdem der Mann in Wolfgarten, Bertholdstraße Nummer sieben, von wo die letzten Funksignale von Mario und Vesna ausgegangen waren, ihm die Faust ins Gesicht gerammt hatte, hatte sich Niko mit höllischen Schmerzen im Gesicht davongemacht. Aber das Bewusstsein, ein Feigling zu sein, war ein Schmerz, der seinen ganzen Körper beherrschte. Wenn sein Vater erfuhr, wie kläglich auch sein zweiter Sohn versagt hatte, würde er ihn bestrafen. Mit Worten, die mehr verletzten als jeder Schlag mit der Hand.

Und dennoch war er zurückgekommen. Das hier war sein Zuhause. Das war alles, was er hatte. Mit letzter Kraft schleppte er sich bis zum Tor im Maschendraht. Als er es aufschob, hörte er die Stimme seiner Mutter.

»Niko!«

»Niko!« Das war seine Tante Alisa.

»Niko! Niko!« Kinderstimmen.

Erkennen konnte Niko die Gesichter nur schemenhaft, als ob eine schmutzige Milchglasscheibe seine Augen umschloss.

Seine Mutter und Tante Alisa packten ihn unter den Armen, zogen ihn zwischen den Wohnwagen hindurch zu einem Stuhl und drückten ihn auf die Sitzfläche. Niko hatte das Gefühl, als ob sein Rücken zerbräche, Wirbel für Wirbel, Rippe für Rippe. Er blieb steif und aufrecht sitzen. Das Brennen in seinem Gesicht wurde schlimmer, als stünde es in Flammen, über seine Hände rann das Blut.

Seine Mutter kniete vor ihm und knetete seine Knie, Tante Alisa strich über seine Haare, die Kinder umringten den Stuhl.

Aus den Wohnwagen hörte er eine Männerstimme, Onkel Ivo. Schritte kamen näher und dann legte Onkel Ivo seine schwere Hand auf Nikos Schulter. »Junge! Was ist passiert?«

Niko brachte kein Wort heraus.

»Hast du Vesna gefunden?«, flehte seine Mutter.

Vorsichtig schüttelte er den Kopf. Es tat höllisch weh, knirschte und knackte im Nacken, als säße sein Kopf nicht mehr fest auf seinem Hals.

»Hast du Mario gefunden?«

Niko winkte ab.

Sie versuchte, die rechte Hand von seinem Gesicht zu lösen. Das blutgetränkte Tuch klebte daran fest.

»Wir müssen einen Arzt rufen, Marija«, drängte Onkel Ivo.

»Nein! Du weißt, dass Dario das nicht will!« Seine Mutter schickte Tante Alisa eine Wasserflasche, eine Schüssel mit abgekochtem Wasser und saubere Handtücher holen. »Wir müssen uns selbst helfen.« Sie weichte das blutgetränkte Tuch mit warmem Wasser auf und zog es behutsam von Marios Gesicht. Sie tupfte Blut und Glassplitter von seiner Haut, den Augenbrauen, Wimpern und Lippen und als das Wasser sich in der Waschschüssel rot färbte, holte Tante Alisa frisches Wasser. Gemeinsam spülten sie seine Augen aus.

An ihren verlegenen Gesichtern erkannte Niko, dass er entsetzlich aussehen musste. Er wünschte, er könnte sich im Spiegel sehen.

»Deine schöne Nase«, klagte Tante Alisa und schlug die Hände vor die Augen.

Niko konnte nicht durch die Nase atmen.

Seine Mutter führte die Wasserflasche an seine Lippen. »Nicht herunterschlucken. Spuck es aus.«

Er gehorchte. Das Wasser, das er ausspuckte, war rot und Glassplitter glitzerten darin.

»Noch einmal, mein Großer. Du musst es im Mund verteilen, du musst gurgeln, es muss alles raus.«

Erst als das Wasser klar war, durfte er einen Schluck in seinem Mund behalten und herunterschlucken. Seine Kehle brannte und kratzte. Seine Mutter schob seine Hände in die Waschschüssel, und Niko konnte plötzlich seine Finger erkennen, das schmutzige Milchglas zwischen seinen Augen und der Welt war verschwunden. Er bewegte die Hände im Wasser und rieb sie vorsichtig aneinander, bis die Haut sauber war, und hob sie aus der Schüssel. Sie waren unverletzt. Rosafarbenes Wasser tropfte an ihnen herab.

»Hast du Hunger?«, fragte Tante Alisa.

»Nein«, flüsterte Niko.

»Er kann uns später alles erzählen«, sagte seine Mutter. »Er muss erst schlafen. Komm, ich helfe dir ins Bett.«

»Nein.« Nikos Stimme klang ein wenig fester. »Ich muss es jetzt erzählen. Wir können nicht warten.«

Sie setzten sich zu ihm an die lange Tafel, schickten die Kinder weg, und Niko nahm noch einen Schluck Wasser und holte mühsam Luft, ehe er beginnen konnte.

Seine Mutter, Tante und Onkel hingen an seinen Lippen, obwohl sie den Anfang der Katastrophe kannten, unzählige Male diskutiert hatten und an nichts anderes mehr denken konnten. Aber es schien ihnen zu helfen, sich ein weiteres Mal alle Einzelheiten vor Augen zu führen und zu durchleben:

Wie Mario von seinem Vater geschickt worden war, Vesna zu suchen, als sie nicht wie sonst von ihrem Ausflug am Abend reumütig heimkam; wie Mario ohne sie zurückkehrte, obwohl Vesnas Handy doch ihren Standort eindeutig bestimmt hatte; wie Mario von seinem Vater beschimpft und verhöhnt worden war und ein zweites Mal auf den Hof geschickt wurde, mit der Drohung, wenn er sie nicht finde, dann brauche er gar nicht erst wiederkommen.

Ein Fluch.

Denn Mario kam nicht zurück.

Nikos Mutter warf während des Berichtes ihres Sohnes immer wieder verzweifelt die Hände in den Himmel, Tante Alisa bekreuzigte sich und begann zu weinen, und Onkel Ivo presste die Lippen aufeinander, als könne er seine Wut kaum herunterschlucken.

»Das letzte Signal von Marios Handy kam von dem gleichen Hof oben auf dem Berg, wo ich heute war, bei diesem Mann, der …«, Niko unterbrach sich. Seine Lippen brannten. Jeder Muskel in seinem Gesicht tat weh.

Onkel Ivo sprang auf, warf einen Stuhl um. »Sie müssen noch dort sein!«

Seine Mutter ließ den Kopf auf die Tischplatte fallen. Tante Alisa legte den Arm um ihre Schulter.

»Ich hoffe es«, flüsterte Niko.

Er war nicht sicher, dass seine Schwester und sein Bruder noch in der Gewalt dieses Mannes waren. Ein brutaler Mann. Was tat er ihnen an? Konnten sie wenigstens zusammen sein, damit Mario Vesna trösten konnte? Konnte Mario Vesna schützen, oder musste er mit ansehen, wie der Mann sie quälte?

Da kam der kleine Borko angelaufen, sein Neffe, und fragte: »Tut deine Nase sehr weh, Niko?«

Niko nickte und wollte sich an die Nase fassen. Aber er schreckte vor Schmerz zurück.

»Sie ist wahrscheinlich gebrochen«, erklärte Onkel Ivo. »Aber das ist nicht schlimm. Sie heilt von allein.«

»Ich möchte ein bisschen schlafen.« Niko fielen die Augen zu.

Seine Mutter brachte ihn in seinen Wohnwagen, schob ihn auf sein Bett, deckte ihn zu und küsste ein letztes Mal seine wunde Stirn. »Schlaf dich gesund, mein Großer.« Leise schloss sie die Tür hinter sich.

Niko schob das Ladekabel seines Handys in eine Steckdose und legte das Handy unter sein Kopfkissen. Heimgesucht von Albträumen verschlief er die Zeit und wurde erst wach, als er die Stimme seines Vaters hörte.

Der Chor war zurückgekehrt. Es war 20 Uhr, wie der kleine Wecker auf der Kommode anzeigte.

»Den schnappe ich mir!«, hörte Niko seinen Vater drohen. »Ich mache ihn fertig.«

Seine Mutter weinte und flehte. »Bitte, Dario, schimpf nicht mit ihm. Wir müssen die Polizei rufen. Ich flehe dich an. Die Polizei muss Vesna und Mario suchen.«

»Kommt nicht infrage«, brüllte er sie an. »Igor wird die beiden morgen suchen. Igor wird es schaffen. Igor ist nicht so ein Feigling wie Niko und Mario es sind.«

Igor war sein ältester Sohn und sein ganzer Stolz. Igor würde eines Tages die Rolle des Familienoberhauptes übernehmen. Das Problem musste schnell gelöst werden, ehe es Josip in Kroatien zu Ohren kam.

Während des Aufenthaltes der Großfamilie in Deutschland war Dario Horvat als Oberhaupt des Clans eingesetzt. Aber er handelte nur stellvertretend für seinen Vater, Josip Horvat, der zu Hause in Zagreb geblieben war, weil er inzwischen zu gebrechlich und zu alt war, um noch reisen zu können. Ihm musste Dario Anfang November bei dem Fest zur Rückkehr der Familie Bericht erstatten. Denn es war der alte Josip Horvat, der die Fäden der Familie zusammenhielt. Dario war sein Handlanger und trug die Verantwortung dafür, dass der Familie in Deutschland nichts geschah, dass alle zusammenblieben, dass genügend Geld hereinkam, niemand die deutschen Gesetze brach und mit den Behörden in Konflikt geriet.

Dario war ein großer, schwerer Mann ohne Hals, mit plumpen Händen und kräftigen Oberschenkeln. Er trug ein blitzweißes Gebiss und hatte einen Bariton, der sich hören lassen konnte. Leise sprechen war nicht seine Sache. Auch sanfte Berührungen nicht. Alles, was von ihm ausging, war grob und laut. Er herrschte bei jedem Atemzug. Der ganze Chor hatte Respekt und manchmal Angst vor ihm, auch Marija, seine Frau.

»Willst du, dass ich noch mehr Kinder verliere?«, jammerte sie.

»Stell lieber das Essen auf den Tisch.«

»Aber sieh dir nur an, wie Niko zugerichtet ist«, klagte sie. »Er braucht einen Arzt, weißt du?«

»Bist du noch bei Sinnen?«, brüllte Dario.

Harte, schnelle Schritte näherten sich dem Wohnwagen. Niko zog die Decke über den Kopf. Die Tür wurde aufgerissen, keuchender Atem neben seinem Bett, die Hitze, die von seinem Vater ausging, war wie eine Welle.

Sein Vater rüttelte an seiner Schulter. »Niko! Du hast genug geschlafen. Du kannst dich nicht ewig verstecken. Ich weiß, dass du wach bist.«

Niko hielt den Atem an.

Sein Vater zog ihm die Decke vom Gesicht und blendete ihn mit dem grellen Lichtstrahl seiner Taschenlampe, die er am Gürtel trug. »Wo sind Vesna und Mario?«

Niko presste die Lider auf die Augen.

»Habe ich dir den Auftrag gegeben, sie nach Hause zu bringen oder nicht? Wo sind sie also?«

Niko wollte den Mund öffnen, aber seine Lippen klebten aufeinander.

»Hast du dich gewehrt?«

Niko schüttelte ein wenig den Kopf.

Sein Vater seufzte auf. »Wenigstens etwas hast du richtig gemacht.«

Es kam Niko wie ein Segen vor, als plötzlich laute Stimmen auf dem Platz vor den Wohnwagen zu hören waren und seinen Vater von ihm ablenkten. Stimmen, die keinem Mitglied der Horvat-Familie gehörten. Darunter war auch nicht die Stimme des Platzwartes. Grölende, aggressive Stimmen, Niko konnte kein Wort verstehen. Sein Vater schob ein Stück der Gardine beiseite und spähte hinaus. Und es dauerte keine Sekunde, ehe er draußen war. Seine Schritte waren von solcher Wucht, dass der Wohnwagen wackelte.

Niko stemmte seinen Oberkörper hoch, um zu sehen, was sein Vater gesehen hatte.

10. Kapitel

Nach ihrer Irrfahrt durch die Eifel hatte Frieda Stein einen halben Tag und eine ganze Nacht im Forsthaus auf der Récamiere verbracht, an die Decke gestarrt, geschwitzt und gefroren, geschlafen und geträumt. Von Männern in Weiß, die sich über ihr Bett beugten und darüber fachsimpelten, wie lange sie noch zu leben habe. Einer dieser Männer war ihr Vater.

Am nächsten Morgen hatte sie sich in aller Frühe aus dem Staub gemacht und in ihrer Wohnung in Euskirchen auf der Reinaldstraße die Scherben eingesammelt, in die die Vase zersprungen war, die sie in einem Anfall von Wut und Verzweiflung vom Küchentisch gefegt hatte. Das Blumenwasser war längst getrocknet, die Feldblumen verdorrt. Sie riss die Fenster auf und richtete sich tageslichttauglich her, schluckte gegen den Kater zwei Aspirin und fuhr in ihre Dienststelle. Sie setzte sich an ihren Arbeitsplatz und vertiefte sich in Papierkram. Als wäre nichts geschehen.

HK Roggenmeier musste Brummer und Neugebauer über ihren Gefühlsausbruch vom Vortag in Kenntnis gesetzt haben. Die Kollegen waren ungewöhnlich höflich, diskret, ernst. Es war bedrückend still im Büro.

Sogar Roggenmeier schob leise die Tür auf und betrachtete sie sorgenvoll, trat an Friedas Schreibtisch und senkte seine Stimme. »Geht es Ihnen besser?«

»Ja«, versicherte Frieda schnell und hoffte, er werde nicht näher auf ihren Heulkrampf eingehen.

»Sie können sich mir jederzeit anvertrauen, das wissen Sie, oder? Ich nehme das Thema Mitarbeiterfürsorge sehr ernst«, raunte er verschwörerisch.

»Danke.«

Leise zog er die Tür hinter sich zu.

Brummer und Neugebauer beugten sich über ihre Akten, raschelten mit Papier und hämmerten auf die Tastaturen ihrer Rechner. Frieda räumte die realen Ordner in den Regalen und die virtuellen Ordner im Rechner hin und her, sortierte, verschob, löschte und schaffte es stundenlang, nicht auf einen Anruf ihrer Mutter zu warten.

So verging die Zeit.

Brummer und Neugebauer machten Feierabend, Frieda machte Überstunden. Am späten Abend erfüllten Frieda Stolz und Zufriedenheit, wenn sie auf die in Reih und Glied sauber beschrifteten Ordner im Regal blickte und im Rechner auf Anhieb fand, wonach sie suchte.

Am nächsten Tag war die Schonzeit vorbei. Gut gelaunt kehrten Brummer und Neugebauer aus der Mittagspause zurück und warfen sich Wortbälle zu. Mit Bedacht wurden sie lauter bei jedem Wurf. Sie schienen einen Plan zu haben.

Neugebauer: »Fritz und Monika.«

Brummer: »Franziska und Michael.«

Neugebauer: »Falko und Marie.«

Brummer »Frieda und …?« Er trommelte mit den Fingern auf den Schreibtisch. »Frieda und Matteo.«

Es dauerte drei Sekunden, ehe beide Namen bei Frieda ankamen – und da flog auch schon ihre Kaffeetasse durch das Büro. Die Kollegen duckten sich. Die Erinnerung an Matteo Grassi von der Polizei Schleiden mit seinen Eheproblemen, seinen schmachtenden Blicken und seiner Hand auf ihrem Knie hatte ihr gerade noch gefehlt.

Die Tür flog auf. Roggenmeier. Wie immer kam er im richtigen Moment. Saß er eine Tür weiter mit dem Ohr an der Wand?

»Was ist denn hier los?!«, rief er mit Blick auf die Kaffeelache und die Scherben am Boden.

»Wir denken über zwei Initialen nach«, erklärte Brummer. »M und F.«

»Und was hat das mit dieser Kaffeetasse zu tun?«

Brummer überging seine Frage. »Wir fragen uns, welche Namen wohl dahinterstecken könnten.«

»Abertausend Kombinationen«, klärte Roggenmeier auf, »wenn nicht Millionen, aber warum interessiert uns das? Habe ich da etwas nicht mitbekommen?«

»Nein, nein, Chef«, versuchte Brummer ihn zu beruhigen. »Alles ist gut. Das war nur ein Denkspiel.«

»Haben Sie sonst nichts zu tun?«

Die Herren zuckten mit den Schultern.

»Dann können Sie ja hier diese Bescherung aufräumen«, befahl Roggenmeier und sah angewidert auf die braune Lache.

»Wird gemacht.« Neugebauer sprang diensteifrig auf.

»Gut.« Roggenmeier rieb sich zufrieden die Hände. »Ich fahre heute schon in ein verlängertes Wochenende nach Hannover zu meinen Schwiegereltern, falls was ist.«

»Was soll schon sein?«, fragte Brummer.

»Eben.« Er rauschte wieder hinaus und ließ wie gewohnt die Tür hinter sich offenstehen.

»Schönes Wochenende!«, rief Neugebauer hinter ihm her und schloss die Tür.

»Das wird er nicht haben«, grunzte Brummer. »Nicht mit seinen Schwiegereltern.«

»Stehen die beiden Initialen vielleicht auf einem gestohlenen Ring?«, griff Frieda das Ratespiel wieder auf.

Brummer und Neugebauer schüttelten die Köpfe.

»Auf einem Schloss am Geländer der Kölner Hohenzollernbrücke?«

»Wärmer«, lobte Neugebauer.

»Ach«, winkte sie ab, »ihr könnt mich mal.«

Neugebauer hob beschwichtigend die Hände. »Die Initialen sind in einen Balken geschnitzt, zusammen mit einem Herz und einem Datum.«

Frieda hob die Schultern. »Na und?«

»Ich schicke dir das Foto.« Mit wenigen Klicks versandte Brummer es an Friedas Rechner.

Sie beugte sich vor, studierte das Foto sorgfältig, die krakeligen Buchstaben und Zahlen und das schiefe Herz, das das Kunstwerk einrahmte. Der Balken war stellenweise schwarz verschattet. »Ist er verkohlt?«

»So ist es«, stimmte Brummer zu.

»Verkohlt?« Sie sah hoch, zog die Augenbrauen zusammen und riss sie in einer plötzlichen Erkenntnis bis zum Haaransatz hoch. »Er wurde am Feuerwachturm gefunden!«

»Genau«, rief Brummer. »Einer von vielen.«

»13. Juni 2012«, las Frieda vor. Ein Blick auf ihren Kalender. Sie konnte es kaum glauben. »Das ist auf den Tag genau fünf Jahre vor dem Brand!«

Nicken.

Heute war erst der 15. Juni. Es kam Frieda vor, als wären Wochen seit dem Brand vergangen. Es waren nur drei Tage. Drei lächerliche Tage. Sie lehnte sich zurück.

Neugebauer räusperte sich mit einem nervösen Blinzeln. »Die Kriminaltechnik versucht noch irgendwelche Spuren am Balken zu sichern, aber …«, er breitete hilflos die Arme aus. »Die Initialen kann man als Hinweis wohl vergessen.«

»Aber das Datum könnte uns weiterbringen«, dachte Frieda laut nach. »Es könnte vieles sein: Der Tag, an dem das Herz geschnitzt wurde, oder der Tag, an dem M und F sich kennengelernt haben …«

Neugebauer, der Fußballfan, wusste: »Am 13. Juni 2012 hat Deutschland bei der EM die Niederlande geschlagen.«

Frieda verdrehte die Augen. »Es könnte der Tag sein, an dem M und F geheiratet haben.

»Oder sich verlobt haben«, meinte Brummer

»Oder zum ersten Mal miteinander geschlafen haben«, schlug Brummer grinsend vor.

»Auf dem Feuerwachturm, was?«, konterte Neugebauer.

»Warum nicht? Wäre doch romantisch, um Mitternacht bei Vollmond, wenn die Eule schreit«, Brummer lehnte sich zurück und drehte mit beseeltem Blick Däumchen.

»Auf dem harten Holzboden, vielen Dank«, erwiderte Neugebauer. »Ich hab Rücken.«

»Erstens waren das garantiert junge Leute, denen nichts wehtut, und zweitens hat M natürlich an alles gedacht, um F herumzukriegen: Decke, Champagner, Gläser, Austern und …«

»Du kennst dich ja aus«, winkte Neugebauer ab. »Es war wahrscheinlich einfach nur ein blöder Zufall, dass der Feuerwachturm auf den Tag genau fünf Jahre später abgebrannt ist.«

»Sonja würde jetzt sagen: es gibt keine Zufälle«, warf Frieda ein.

»Stimmt«, gab er zu.

»Davon abgesehen, geht uns das Ganze ja auch nichts an. Ohne Leiche.«

Nach einem Blick auf die Uhr seufzte Neugebauer später erleichtert: »Feierabend.«

»Gehst du mit auf ein Bier?«, fragte Brummer. Ihre Stammkneipe war die Posthalterei auf der Kölner Straße. »Wir laden dich ein.«

Sie winkte ab. Sie hatte nichts zu feiern.

Auf dem Heimweg kaufte sie Lebensmittel, machte sich am Abend kein Fertiggericht warm, sondern pellte Kartoffeln, hackte Zwiebeln und Pfifferlinge und aß nicht im Stehen. Am Abend saß sie auf dem Balkon mit einem Glas Wein in der Hand und sah der Sonne zu, wie sie unterging.

Dass ihre Mutter nicht mehr anrief, redete Frieda sich als gutes Zeichen ein, vielleicht war es nur ein falscher Alarm gewesen, ein neuer Versuch, das harte Tochterherz zu erweichen und sie zum Gang nach Canossa zu bewegen.

Als die rote Feuerkugel die Erde berührte, hob Frieda das Glas und vertiefte sich in den Anblick des Rotweins, den das Farbenspiel zum Glühen brachte. Ein Sternenhimmel ging über ihr auf. Sterne, gleichmütig und beständig, schienen Frieda das Einzige zu sein, auf das sie sich verlassen konnte.

FREITAG

11. Kapitel

Der Kreisbrandmeister hatte stolz vermeldet, dass in einer Rekordzeit von nur sechsunddreißig Stunden nach dem Brand des Feuerwachturmes von Wolfgarten ein provisorischer Funkturm an einer anderen geeigneten Stelle – jenseits der L 249, schräg gegenüber der *Kermeterschänke* – aufgebaut worden sei. Nach Ausmessung der Funkausleuchtung und Überprüfung der Alarmierungssysteme konnte seine Funktionsfähigkeit festgestellt werden. Alle Ersatzmaßnahmen konnten aufgehoben werden. Der am Wochenende stattfindenden Kirmes in Wolfgarten stand demnach nichts im Wege. Rettungsdienst und Polizei konnten wieder jederzeit zu Hilfe gerufen werden, wenn es im Zelt zu Ausschreitungen kommen sollte.

Die Polizei schloss Brandstiftung als Brandursache nach wie vor nicht aus. Auch ein technischer Defekt stand weiterhin im Raum. Zu einem Personenschaden sei es nach gründlicher Spurensuche nicht gekommen. Die Höhe des verursachten Sachschadens sei noch unklar, könne sich aber im unteren sechsstelligen Bereich bewegen. Der Brandort war immer noch durch ein Absperrband gesichert. Die Ermittlungen liefen auf Hochtouren.

Das alles ließen die Medien die Bevölkerung wissen und überließen sie ihrer Trauer um das verlorene Symbol. Für die Wolfgartener war es nicht nur ein Aussichtsturm gewesen, sondern das Herzstück des Ortes, ein Wiedererkennungszeichen und einer der vielen bekannten »Eifel-Blicke«, von denen es im Kreis Euskirchen insgesamt neunundzwanzig Stück gab. Der neue Funkturm, ein nüchternes Stahlgerüst, konnte ihn nur technisch ersetzen. Die Wolfgartener und die Einwohner der umliegenden Orte hatten nicht nur ein hässliches Brandloch in ihrem geliebten Wald, sondern auch eines in ihren Herzen.

Wer machte so etwas?

Diese Frage war auch in der *Kermeterschänke* Gesprächsthema gewesen. An einen technischen Defekt wollte so recht niemand glauben, diese Ursache schien viel zu unspektakulär. Lieber ließ man an diesem sommerwarmen Abend im Biergarten der Phantasie freien Lauf, und da dieser nun einmal keine Grenzen gesetzt sind, wurden die Erklärungen mit dem Anstieg des Bierkonsums von Stunde zu Stunde abenteuerlicher, und man stachelte sich gegenseitig zu wilden Spekulationen an, an denen sich auch der eine oder andere holländische Motorradfahrer beteiligte.

Da der Feuerwachturm eine touristische Attraktion gewesen war, schloss man nicht aus, dass der Brand auch ein Schlag gegen den Tourismusverband Eifel gewesen sein konnte. Die Vernichtung eines »Eifel-Blickes« konnte auch die Tat eines Konkurrenten sein, oder eines Ortes, der sich vergeblich um einen Eintrag als Aussichtspunkt bemüht hatte, der ihm viele Besucher beschert hätte – und damit Einnahmen. Oder wollte die Gemeinde sich etwa auf diese Weise des maroden Turmes entledigen, dessen Abriss in die Tausende gegangen wäre, und hatte einen Mann beauftragt, der zum Schweigen verdammt war, weil er Dreck am Stecken hatte? Was hatte man ihm dafür geboten? Vom Nationalparkgegner bis zum pyromanisch veranlagten Feuerwehrmann, alles schien mit vorgerückter Stunde möglich.

Wer machte so etwas?

Auch HK a. D. Sonja Senger im Forsthaus am Ende der Stromleitung ging diese Frage durch den Kopf und raubte ihr den Schlaf. Sie hatte niemanden, mit dem sie sich darüber austauschen konnte. Frieda Stein machte sich rar, nachdem sie am Dienstag, dem Tag, als der Feuerwachturm brannte, völlig aufgelöst in Wolfgarten aufgetaucht war und eine Weile gebraucht hatte, ehe sie in der Lage war, das Ungeheuerliche in Worte zu fassen und diese auszusprechen: Ihr Vater lag im Sterben, und sie konnte ihn nicht im Krankenhaus besuchen.

Sonja wusste von dem schwierigen Verhältnis zwischen Vater und Tochter. Viele Abende hatten sie darüber gesprochen und ihre Kindheits- und Jugendjahre miteinander verglichen. Frieda glaubte, sich von ihm gelöst zu haben, und hielt nur noch sporadischen Kontakt mit ihrer Mutter. Aber nun stand sie vor einer neuen Herausforderung. Sonja wusste selbst nicht, was sie an ihrer Stelle tun würde. Versöhnungen am Sterbebett hatten einen gewissen Nachgeschmack und brachten meist nur dem Sterbenden Erleichterung. Sie hatte ihr die Récamiere zurechtgemacht, auf der Frieda wie ein Stein geschlafen hatte. Frieda und war am nächsten Morgen, Mittwoch, in aller Frühe, ungesehen abgehauen. Seitdem hatten sie sich nicht gesehen und nicht telefoniert.

Heute konnte Sonja sich nicht länger mit Spekulationen begnügen. Es gab Grenzen. Nach einem schnellen Mittagessen, einem Omelette mit Pfifferlingen, Frühlingszwiebeln und Speck, war die Zeit reif. Sie ließ alles stehen und liegen und rüstete sich aus: Blumenkelle, Pinzette, Schuhüberzieher, Einmalhandschuhe, Handy.

Sie nahm die Abkürzung, den Feldweg, der gegenüber dem blauen Hühnerwagen vom Ziegenbendgesweg begann. Es schien, als läge noch ein Brandgeruch über Wolfgarten und überlagerte den gewohnten, frischen Duft der Wiesen und Felder. Die Gräser standen hoch und wiegten sich im Wind. Ein Flugzeuggeräusch ließ Sonja in den Himmel blicken. Durchwachsen, eher blau als grau.

West, ihr alter Kater, begleitete sie ein Stück und zockelte hinter ihr her, aber noch bevor sie das aufgebockte Segelschiff in einem Gartengrundstück erreichten, hatten seine Augen einen Schmetterling entdeckt, ein Pfauenauge, dem er folgen musste. Auf einer Wiese, die mit zwei Toren in ein Fußballfeld verwandelt worden war, balgten vier Jungen herum.

Der Feldweg endete Am Merrchen. Sonja bog rechts ab und durchschritt nach wenigen Metern den Eingang zum *Nationalpark Eifel*. Eichen- und Buchenblätter warfen einen lichten Schatten auf den dunklen, feuchten Weg, der mit Reifenspuren durchzogen war. Links das Grundstück mit den Klage-Bäumen, der Wasserspeicher, rechts das Wegekreuz mit den Töpferbildern. Baumwurzeln durchzogen den Weg. Vogelgezwitscher und Blätterrauschen, nie war es ganz geräuschlos im Wald, auch wenn man allein ging.

Bald stand Sonja vor dem Absperrband, das den Brandort in einem Abstand von etwa zwanzig Metern einschloss, auch über den Grenzzaun des Nationalparks hinaus, der in diesem Bereich für die Ermittlungen entfernt worden war. Ein Teil einer privaten Pferdekoppel war zum Ermittlungsbereich einbezogen worden.

Innerhalb des Absperrbandes war das Kernarbeitsgebiet der Kriminaltechnik, wo jedes Blatt, jede Fichtennadel, jeder Zweig, jeder Zapfen umgedreht, jede Baumrinde abgeklopft und jede Fußspur aufgenommen worden war. Jede, wirklich jede – da kannten die Kollegen nichts. Sie waren mit Sicherheit auch über diese zwanzig Meter hinaus tätig gewesen. Wie weit sie dabei gegangen waren, das war eine Frage des Aufwandes, der wiederum geregelt wurde durch den täglichen Arbeitsanfall und den Personalschlüssel. Arbeit gab es mehr als genug, aber das Personal war bekanntlich knapp.

Sonja Senger hingegen war eine Einzelperson ohne Gehaltszettel und ohne Arbeit, aber mit viel Zeit. Zu viel Zeit. Eine Geheimoperation der HK a. D. konnte also als Unterstützung der überlasteten Kollegen betrachtet werden. Wenn sie nichts fand, würde niemand etwas davon erfahren, wenn sie etwas fand, sollte ihr ewiger Dank gewiss sein. Aber darum ging es ihr nicht. Sie hatte einfach schreckliche Langeweile.

Mit starrem Blick zu Boden und kurzen Schritten marschierte sie am Absperrband entlang und erweiterte den Umkreis nach jeder Runde um eine Schrittbreite, die deutlich durch ihre Fußspuren zu erkennen war. Es war der Weg der Spirale, der sie zur einen Hälfte über die Koppel, auf der drei Pferde grasten, und zur anderen Hälfte durch den Wald über Moos und Farn, Schösslinge von Brombeeren, Buchen und Brennnesseln führte. Ein Ende ihrer Runden war nicht festgelegt, sie konnte sie bis ans Ende der Welt gehen, wenn sie wollte. Der Gedanke gefiel ihr.

In der Esoterik wurde der Weg der Spirale in entgegengesetzter Richtung gegangen und »Weg ins Innere« genannt. Aber Sonja war nicht auf der Suche nach ihrem Ursprung, sie war auf der Suche nach der Nadel im Heuhaufen, einem Feuerzeug, einem Streichholz, einem Taschentuch, einer Zigarette, einem Stoff- oder Papierfetzen mit Spuren eines Brandbeschleunigers.

Es war in der 17. Runde, sie hatte keinen Augenblick ans Aufgeben gedacht und war gerade wieder im Waldbereich angelangt, da lag ein heller Gegenstand wie ein Stein, weiß wie ein Kiesel, vor ihr – und sie trat darauf. Er gab nach. Sie schabte ihn mit der Schuhspitze frei und schrie leise auf.

Die Spitze eines Schuhs!

Sie streifte die Einmalhandschuhe über, zog die Blumenkelle aus der Jackentasche, bückte sich und begann die Erde beiseite zu schaufeln und Ameisen und Tausendfüßler aufzuscheuchen. Dicht unter der Oberfläche, nur mit einer dünnen Erdschicht bedeckt, kam ein fleckiger, ehemals weißer Turnschuh zum Vorschein, in dem ein nackter Fuß steckte, der in eine schmale Fessel mündete, die in einem blauen Hosenbein verschwand. Sonja zerrte und zog an der Hose. Vergebens.

Den Rest der Untersuchung musste sie der Kriminaltechnik überlassen. Es fiel ihr schwer, aber sie durfte sich nicht noch unbeliebter machen. Es hing von der Gnade der Kollegen ab, ob sie weiterhin in den Fall miteinbezogen werden würde.

Sie angelte ihr Handy hervor, schaltete es ein, wählte und sah sich um. Sie fühlte sich beobachtet, aber zwischen den Baumstämmen huschte niemand davon. Ein dunkelblauer Himmel spannte sich über die Baumwipfel. Es dauerte ewig, bis sich die Verbindung aufgebaut hatte. Als Sonja schon mit einem der berühmten Funklöcher rechnete, mit denen die Netzanbieter die Eifel beglückten, hörte sie Friedas Stimme.

»Frieda? Du musst sofort herkommen! Und bring die KTU mit. Und den Rechtsmediziner. Und natürlich einen Leichenwagen und den Staatsanwalt!«

Nach dem Telefonat, in dem sie der völlig perplexen Frieda alles erklärt hatte, ließ sich Sonja auf einen nahen Baumstumpf fallen. Es war jetzt 15 Uhr. Von Euskirchen nach Wolfgarten brauchte man gewöhnlich nicht mehr als eine halbe Stunde. Aber es war jetzt Feierabendverkehr, und ehe Frieda alle Einsatzkräfte zusammengetrommelt hatte, konnte daraus eine Stunde werden. Und noch mehr, wenn sie noch in eine Diskussion mit Roggenmeier geriet.

Was sollte sie bis dahin anfangen? Herumsitzen und eine Leiche bewachen? Wenn sie sie nicht aus den Augen ließ, konnte sie weiter die Spirale gehen, vielleicht war heute ihr Glückstag und sie fand mehr. Es musste ja keine weitere Leiche sein.

Sie zog die Schuhüberzieher wieder an und machte sich auf in die 18. Runde. Und während sie Schritt für Schritt im Kreise ging, fragte sie sich, wie es hatte geschehen können, dass die Kollegen der Kriminaltechnik den weißen Schuh übersehen hatten. Das waren akribische Pedanten. Selbst wenn die Mannschaft seit Sonjas Pensionierung gewechselt haben sollte, hatte das sicher nichts an ihrer sorgfältigen Arbeit geändert. Spätestens die Hunde hätten die Leiche erschnüffeln müssen.

In der 22. Runde kam Sonja zu dem Schluss, dass die Leiche sicher erst vergraben wurde, nachdem die Untersuchungen des Brandortes abgeschlossen waren. Wie lange der Tote unter der Erde gelegen hatte, konnte nur der Rechtsmediziner klären. Blutspuren hatte sie nicht entdecken können, das könnte bedeuten, dass der Fundort nicht der Tatort war oder Grund und Boden zu feucht und zu dunkel.

Wer war der Mann? War er der Brandstifter? Oder hier dem Brandstifter in die Quere gekommen und hatte das mit seinem Leben bezahlen müssen? Oder beides?

Ein Blick auf die Uhr. 15.30 Uhr.

Wo blieben die Kollegen nur?

In der 26. Runde hatte Sonja genug von der Spirale.

12. Kapitel

Telefonklingeln empfing Frieda Stein, als sie nach Dienstschluss den Schlüssel in ihre Wohnungstür steckte. Es dauerte eine Weile, ehe sie die aufgebrachte Stimme erkannte. Es war nicht ihre Mutter.

»Sonja? ... Nein! Das kann nicht sein ... Wir kommen.«

Es war 15 Uhr. Alle Kollegen, die keine Bereitschaft hatten, waren ins Wochenende entlassen worden. Roggenmeier befand sich seit gestern in Hannover auf Schwiegerelternbesuch, wie er verkündet hatte. Sie rief ihn auf seinem Mobiltelefon an.

»Ich rufe hiermit die SOKO FWT ins Leben«, tönte er großspurig. Wahrscheinlich hörten seine Schwiegereltern mit und er nutzte die Gelegenheit, ihnen zu imponieren.

»FWT?«

»Feuerwachturm.«

»Originell.«

»Und die Leitung übernehmen Sie, Frau Kommissarin.«

»Danke«, sagte sie, schon wieder perplex. Das erste Mal, dass sie eine Sonderkommission leiten durfte. Womit hatte sie das verdient?

Sie wollte ihm gerade alle Grobheiten und Übergriffe und vor allem die Komplizenschaft mit ihrem Vater verzeihen, als er hinzufügte: »Damit Sie auf andere Gedanken kommen.«

»Verstehe.«

»Machen Sie mir keine Schande.«

O-Ton Dr. Helmut Stein!

Dessen Tochter Frieda die SOKO FWT daraufhin fachmännisch zusammenstellte. Sie benachrichtigte die Hauptkommissare Brummer und Neugebauer und forderte in Bonn einen Rechtsmediziner und die KTU an. Auch den Staatsanwalt vergaß sie nicht mit einzubeziehen.

Als Oberstaatsanwalt Bernd Wesseling erfuhr, dass Sonja Senger sich am Fundort befand, verfügte er, dass seine Anwesenheit nicht zwingend notwendig sei. Seine Stimme klang beleidigt und wurde von etlichem Niesen unterbrochen. Auf mitfühlende Nachfrage erklärte er, nein, er sei nicht erkältet, er sei Allergiker und wolle sich bemühen, eine Vertretung zu entsenden.

Friedas letzter Anruf galt einem Bestattungsunternehmen.

Gegen 16.00 Uhr trudelten sie nach und nach in Wolfgarten ein. Erst die Kommissare Stein, Brummer und Neugebauer, auf sie folgten ein kleiner Sportwagen und der blau-silberne Sprinter der KTU, als Letzter schlich ein Leichenwagen bedächtig heran. Die Fahrzeuge rumpelten durch den Wald, bis das Ende der Fahrspur erreicht war.

Dem Sportwagen entstieg die Rechtsmedizinerin Dr. Meiser, eine kleine, kompakte, energische Frau mit einem bunten Schal, der ihr bis auf die Knie reichte. Sie hatte ihre blonden Haare zu einem Knoten aufgesteckt, aus dem sich einige Strähnen gelöst hatten. Sie sah übernächtigt aus.

»Freut mich, Sie wiederzusehen«, begrüßte Frieda sie. »Wir kennen uns.«

»Ja?«

»Zwei Jahre ist das her. Da haben Sie mich untersucht.«

»Sie?«, fragte Dr. Meiser erstaunt. »Normalerweise untersuche ich nur Tote.«

»Ich war von einem Schuss gestreift worden und hatte ein paar Glassplitter abbekommen. Nicht weit von hier.«

Dr. Meiser seufzte. »Tut mir leid, aber ich kann mich nicht erinnern. Ich sehe jeden Tag in so viele fremde Gesichter.«

»Kein Problem.«

Sie folgten den Kriminaltechnikern, die sich mit weißen, zerknitterten Papieroveralls verkleidet und schwer an ihren Metallkoffern zu tragen hatten. Schlusslicht bildeten die beiden Bestatter mit ihrer Trage.

»Wo bleibt ihr denn so lange?«

Mit einem Fuß auf einem Baumstumpf, in einer Hand eine Blumenkelle, die andere in die Hüfte gestemmt, war Hauptkommissarin a. D. Sonja Senger der personifizierte Vorwurf.

»Was machst du hier?«, herrschte Brummer sie übergangslos an.

»Eure Arbeit«, konterte Sonja.

Er ließ sich nicht auf eine Diskussion ein. »Zeig uns den Fundort, und du kannst gehen.«

»Nichts lieber als das.«

Frieda musste lächeln, als sie hinter Sonja hermarschierten.

»Also, es war so: Ich habe ein paar Runden um das Absperrband gedreht.«

»17«, steuerte Frieda bei.

»26 insgesamt«, korrigierte Sonja sie. »Aber in der 17. Runde bin ich über einen Schuh gestolpert.« Sie blieb abrupt stehen und zeigte vor sich auf den Boden. »Und zwar diesen hier.«

Die Kollegen umringten sie und blickten auf einen fleckigen, nicht mehr weißen Schuh. Er ragte aus frisch aufgehäufter Erde hervor, und die Aufhäufelung setzte sich in einem Streifen fort, wie die Spur eines Maulwurfes. Ein Fuß, ein Knöchel, eine Wade, ein blaues Hosenbein.

»Du hast ihn ausgegraben?« Brummer bückte sich.

»Das musste ich ja wohl.«

»Und das Bein gleich mit?«

»Ich wollte nur wissen, ob es sich vielleicht nur um ein einzelnes Bein handelt.«

»Hattest du Handschuhe an?«

»Selbstverständlich, auch Schuhüberzieher, ich bin keine Anfängerin.«

»Nein, im Gegenteil, du bist pensioniert.« Brummer erhob sich und gab den Kriminaltechnikern ein Zeichen, sich an die Arbeit zu machen.

Auch der Rest der Einsatztruppe trat zurück und machte Platz.

An Sonja gewandt sagte er: »Du kannst gehen.«

»Moment«, mischte sich Frieda ein. »Um welche Uhrzeit hast du den Schuh gefunden, Sonja?«

»15 Uhr«, antwortete Sonja routiniert. »Im gleichen Augenblick habe ich dir den Fund gemeldet.«

Mit einer hilflosen Grimasse versuchte Frieda ihr zu verstehen zu geben, dass sie im Augenblick nicht mehr für sie tun konnte.

»Das hätte jeder getan«, grummelte Sonja. »Und jeder andere hätte vermutlich auch gegraben, allerdings ohne Handschuhe und Schuhüberzieher und …«

Brummer stöhnte auf. »Aber du bist nicht jede andere, du bist eine erfahrene Hauptkommissarin der Mordkommission.«

»Bin ich nicht, ich bin pensioniert«, parierte Sonja.

Er verdrehte die Augen. Frieda lächelte ihr aufmunternd zu. Neugebauers nervöses Blinzeln verstärkte sich zu einem Flattern. Seine Hände waren zu Fäusten geballt. Er hasste Diskussionen.

Die Bestatter taten, als würden sie nichts mitbekommen und warteten mit gesenkten Köpfen auf ihren Einsatz. Dr. Meiser spielte mit ihrem Smartphone und wischte sich eine Strähne aus dem Gesicht.

»Auf Wiedersehen«, rief Sonja, wedelte mit der Blumenkelle und machte sich hoch erhobenen Hauptes auf den Heimweg. »Und wenn Ihr mal wieder nichts findet, sagt ruhig Bescheid.«

Als ihre helle Jacke im Unterholz nicht mehr zu sehen war, wandte sich die Mordkommission wieder der Leiche zu, die inzwischen freigelegt worden war. Sie war nur von einer dünnen Schicht Erde, Fichtennadeln und

-zapfen, Zweigen und Blättern bedeckt gewesen. Fotos und Fingerspuren wurden noch vor Ort in ein Laptop eingegeben und in den Datenbanken abgeglichen.

»Der Mörder hat sich keine große Mühe gemacht«, sagte ein Kollege von der KTU, während er eine weitere Erdprobe in einen Beweisbeutel rieseln ließ.

»Er wollte, dass die Leiche gefunden wird«, erklärte Frieda.

»Wundert mich, dass sich noch keine Tiere darüber hergemacht haben.«

»Stimmt«, sagte Frieda nachdenklich. »Vielleicht schreckt sie der Bandgeruch ab.«

»Wildschweine schreckt nichts ab.«

Der Tote lag auf dem Rücken, die Arme dicht an seinem Körper, seine Beine waren leicht gespreizt. Der Mann war über 1,80 Meter groß und sehr schlank. Über der blauen Hose trug der Mann ein rotes T-Shirt. Seine schulterlangen Haare waren verklebt. Sein Gesicht verdreckt. Seine Augen waren halb geschlossen, sein Mund stand offen wie zu einem Schrei.

Am Hinterkopf war das Blut einer offenen Wunde gestockt. Als Dr. Meiser ihn leicht zur Seite drehte und sein T-Shirt hochzog, fand sie seinen Rücken von blau-schwarzen Prellungen übersät. Sie hob seinen Hosenbund an, Blutergüsse auf dem Steißbein und Gesäß.

»Schätze, der Mann ist schon zwei bis drei Tage tot«, erläuterte sie den Kommissaren, als sie sich erhob. »Ob er genau so lange hier liegt, weiß ich noch nicht. Die meisten Wunden sind nicht post mortem zugefügt worden. Sieht so aus, als wäre er zu Tode geprügelt worden.

Aber das wird sich, wie immer, erst in der Obduktion klären.« Sie hob eine Hand des Mannes und wies auf seinen Daumen und Zeigefinger, wo sich die Haut an den Kuppen rot und schwarz verfärbt und zusammengezogen hatte. »Das sind Verbrennungen.«

»Er könnte also der Brandstifter sein?«

»Nein, die Brandwunden sind ihm erst zugefügt worden, als er schon tot war. Mehr kann ich aber im Augenblick nicht sagen.«

»Danke.« Brummer gab den Bestattern ein Zeichen, die Leiche auf die Trage zu heben und sie in die Bonner Rechtsmedizin zu bringen.

Ein Techniker vermeldete, dass die eingegebenen Fotos und Fingerspuren des Toten mit keiner registrierten Person in ihren Dateien identisch seien. »Mehr können wir hier nicht tun.«

Dr. Meiser wurde zu einem neuen Einsatz gerufen.

Die Bestatter trugen den Toten durch den Wald.

Zurück blieben drei Kommissare.

»Roggenmeier hat mir die Leitung des Falles übertragen«, begann Frieda verlegen und scharrte mit der Spitze ihres Schuhs im weichen Waldboden. »SOKO FWT.«

»Hä?«, fragte Brummer.

»FWT für Feuerwachturm. Das war Roggenmeiers Idee, nicht meine.«

»Schön für dich«, sagte er missbilligend.

»Find ich gut«, steuerte Neugebauer bei. »SOKO FWT.« Er blinzelte nicht.

Sie sah auf. »Ich soll ihm keine Schande machen, sagt er.«

»Das erhöht den Druck«, grinste Brummer.

»Wir schaffen das, Chef!«, beruhigte Neugebauer sie. »Alles halb so wild. Ich nehme an, wir befragen jetzt erst einmal die Nachbarn?«

»Heute nicht mehr. Morgen. Samstags sind die meisten Leute zu Hause. Wir teilen uns auf. Zwei und zwei.«

»Zwei und zwei?«

Frieda ignorierte die verwunderten Blicke. »Wir nehmen uns morgen Vormittag jeweils eine Straße vor. Um zwölf Uhr treffen wir uns zur ersten Lagebesprechung drüben in der *Kermeterschänke*.«

Brummer zählte die versammelten Kommissare mit dem ausgestreckten Zeigefinger durch. »Eins, zwei, drei … Wir sind drei, wenn ich mich nicht verzählt habe.«

»Ich ziehe mit Sonja Senger los und übernehme die Rennerstraße«, erklärte Frieda mit fester Stimme. »Welche Straße nehmt Ihr?«

»Wie bitte?« Brummer und Neugebauer unisono.

»HK Sonja Senger ist ein unverzichtbarer Teil der SOKO FWT.«

»Wer sagt das?« Unisono.

»Ich.«

Frieda verbot sich, die Falten auf Brummers Stirn und Neugebauers Wimpernschläge zu zählen. »Im Übrigen erwarte ich von euch, dass ihr euch bei ihr für euer ungehobeltes Benehmen entschuldigt.«

Brummer hielt seine Nase in den Wind und schnupperte. »Irre ich mich oder weht jetzt hier ein anderer Wind?«

»Frauenpower«, nuschelte Neugebauer.

SAMSTAG

13. Kapitel

Margarete Heckel?«, fragte Kommissarin Frieda Stein und streckte ihr den Dienstausweis entgegen. »Kriminalpolizei Euskirchen.«

Die alte Frau hielt sich krampfhaft an der Türklinke fest. Den Ausweis ignorierte sie. »Was wollen Sie denn?«

»Mein Name ist Stein, Friederike Stein.« Sie zeigte auf Sonja Senger, die neben ihr stand. »Und das ist meine Kollegin Sonja Senger.«

Sonja lüftete ihren Topfhut zum Gruß. Sie war wie der Blitz zurückgekehrt und hatte ihren Stolz unter ihrer Neugier begraben, nachdem Frieda ihr eröffnet hatte, dass sie ein unverzichtbarer Teil der SOKO FWT geworden sei. Sie schien nur darauf gewartet zu haben.

Frau Heckel sah zwischen den beiden Kommissarinnen hin und her und betrachtete sie in aller Ruhe von Kopf bis Fuß. Was sie aus dieser Inspektion schloss, war ihr nicht anzumerken. »Was wollen Sie denn nun hier?«, fragte sie wieder.

»Wir sind von der Mordkommission.«

»Hier ist keiner ermordet worden«, beteuerte Frau Heckel.

»Doch, leider. Drüben am Feuerwachturm haben wir heute Morgen einen Toten gefunden.«

»Einen Toten?«, stieß Frau Heckel ungläubig hervor.

Die Kommissarinnen nickten.

»Dürfen wir hereinkommen?«, fragte Frieda und setzte schon einen Fuß auf die Schwelle. »Wir haben ein paar Fragen an Sie.«

»An mich?« Frau Heckel war fassungslos. »Was habe ich denn damit zu tun?«

»Es ist unsere Aufgabe, die Nachbarn zu fragen, ob sie vielleicht etwas gesehen oder gehört haben oder ob ihnen etwas aufgefallen ist.«

»Da müssen Sie aber auch die anderen fragen«, rief Frau Heckel entrüstet.

»Das tun wir. Sie sind nicht die Erste«, antwortete Frieda. »Und Sie werden nicht die Letzte sein.«

Frau Heckel gab sich zufrieden, winkte die Kommissarinnen herein und schloss die Tür gewissenhaft hinter ihnen.

Nur drei der vielen Türen auf der Rennerstraße, an denen Frieda und Sonja in der letzten Stunde geklingelt hatten, waren ihnen geöffnet worden. Niemand hatte etwas zum Tathergang beisteuern können. Der Brand des Feuerwachturmes hatte bei allen große Bestürzung ausgelöst, und der Leichenfund am Tatort erschütterte sie. Aber gesehen hatte niemand etwas. Man hoffte, dass es sich bei dem Toten um den Brandstifter handelte und damit endlich wieder Ruhe in den Ort Einzug hielt.

Der schmale Flur endete in einem Wohnzimmer, das mit der üblichen Sofagarnitur ausgestattet war, einem Fernseher und einem Schrank mit Familienfotos und allerhand Nippes. Sehr aufgeräumt, selten benutzt. Die gute Stube, dachte Frieda, und als ihre Blicke sich mit Sonjas kreuzten, wussten beide, dass sie kein Interesse an Räumen hatten, die nur dem guten Ruf dienten.

»Sollen wir nicht lieber in Ihrer Küche sitzen?«, fragte Sonja. »Vielleicht könnten wir auch einen Kaffee bekommen?«

»Ich habe sogar Kuchen«, fiel Frau Heckel ein. »Der ist zwar eigentlich für morgen, aber ich könnte für jeden von uns ein Stück abschneiden.«

»Prima«, fand Sonja.

Die Kommissarinnen folgten Margarete Heckel in die Küche und nahmen auf der Essbank Platz, die in L-Form um einen Tisch mit geblümter Plastikdecke stand. Lavendelsträuße der Provence waren das Motiv, das sich auch auf den Sitzpolstern und Vorhängen wiederfand. Die Deckenlampe war eingeschaltet. Ein Rätselheft, ein Stift, ein Glas mit Saft, eine benutzte Stoffserviette, ein platt gedrücktes Kissen auf einem Stuhl. Hier schien Frau Heckels Stammplatz zu sein, von dem aus sie durch das kleine und tief liegende Fenster den Weg entlang bis zum Waldrand einsehen konnte.

»Setzen Sie sich.« Frau Heckel trat an die Nirosta-Spüle, die nicht ganz fleckenfrei war, und ließ Wasser in einen Wasserkocher laufen.

»Bekommen Sie morgen Besuch?«, fragte Frieda.

»Wieso?« Sie fuhr herum, sodass das Wasser aus dem Kocher schwappte.

»Ich dachte nur, Kuchen am Sonntag und so, verstehen Sie?«

»Nein«, antwortete Heckel gedehnt und schaltete den Wasserkocher ein. »Wer sollte mich schon besuchen? Die eine Hälfte des Kuchens ist für mich, die andere für Ulrich.«

»Ihren Sohn?«, riet Sonja.

Wieder ein lang gezogenes Nein. »Ulrich wohnt da drüben.« Sie zeigte vage nach draußen. »Warten Sie, ich hole ihn.« Frau Heckel wackelte auf krummen Beinen hinaus und ließ die Kommissarinnen zurück.

»Holt sie Ulrich oder den Kuchen?«, flüsterte Sonja und scharrte mit den Füßen. »Wetten, dass es Guglhupf ist?«

Frieda grinste. »Ich tippe auf Streuselkuchen.«

Sie mussten den Wetteinsatz nicht benennen. Sie wetteten immer um dasselbe.

Frau Heckel trug einen runden Kuchen unter einer Plastikhaube herein und stellte ihn auf den Tisch. Sie hob die Haube an. Es war ein eingesunkener Käsekuchen. »Ich habe ihn selbst gebacken.«

»Er sieht lecker aus!«, rief Sonja und zwinkerte Frieda zu.

»Da wird sich Ulrich freuen!«, steuerte Frieda bei.

»Ich war ja mit seiner Mutter befreundet, der Elisabeth, und als die vor zwei Jahren starb, viel zu früh, wenn Sie mich fragen, da habe ich ihr auf dem Sterbebett versprochen, ab und zu nach ihrem Sohn zu sehen.« Frau Heckel goss währenddessen Filterkaffee auf und stellte Kuchenteller vor die Kommissarinnen.

»Ist er denn noch klein?«, fragte Frieda ungläubig.

»Nein, zweiundvierzig ist er im Januar schon geworden«, antwortete Frau Heckel prompt, setzte sich auf ihren Stammplatz und schob das Rätselheft beiseite.

»Da wird er doch allein zurechtkommen«, meinte Frieda.

Frau Heckel nickte heftig und mit vollem Mund, schluckte ein großes Stück Kuchen hinunter, das man durch ihren mageren Hals nach unten rutschen sah. »Natürlich kommt er das. Fleißig und sauber ist er auch, keine Frauengeschichten oder Partys. Er ist ein guter Junge. Nur in die Kirche geht er leider nicht, aber das hat er nicht mehr gemacht, seit er erwachsen ist. Wissen Sie, er ist ja auch kein Bauer mehr, die Kühe hat er alle verkauft, er ist jetzt ein richtiger Geschäftsmann. Wenn das seine Mutter noch erlebt hätte.« Sie seufzte.

»Was macht er denn für Geschäfte?«

Heckel dachte nach. Frieda und Sonja kauten und warteten.

»Ach, davon verstehe ich nichts. Schmeckt Ihnen mein Kuchen?«

»Ausgezeichnet«, sagte Sonja.

»Wirklich prima«, bestätigte Frieda.

Beide hatten ihr Stück bereits verputzt. Von der Kuchenhälfte war nur noch ein Stück übrig. Frau Heckel lud es auf ihren eigenen Teller und stach hinein.

Frieda räusperte sich. »Frau Heckel, wo waren Sie am 13. Juni um drei Uhr?«

»Am 13. Juni?« Frau Heckel ließ die Kuchengabel in der Luft hängen. »Jetzt am Dienstag, als der Feuerwachturm mitten in der Nacht abgebrannt ist?«

Die Kommissarinnen nickten, auch wenn sie sich nicht vorstellen konnten, dass die alte Dame um diese Uhrzeit woanders gewesen sein sollte als in ihrem Bett.

»Warten Sie.« Frau Heckel kaute und dachte nach. Sie ließ sich Zeit. Nicht oft war die Antwort einer alten Frau für irgendjemanden von Bedeutung.

Frau Heckel tippte sich mit dem Stiel der Gabel an die Schläfe. »Jetzt weiß ich es wieder. Ich war mit dem Bus in Schleiden beim Dr. Hohkeppel, meinem Internisten, der wird Ihnen das bestätigen. Ich hatte einen Termin um Viertel nach drei, musste aber bis vier warten, ehe ich drankam. Alle haben von dem Brand gesprochen. Aber ich …«

»Moment«, unterbrach Frieda sie. »Sie hatten sicher tagsüber um 15.15 Uhr einen Termin, nehme ich an.«

»Sag ich doch.« Frau Heckel kratzte mit der Kuchengabel Krümel zusammen.

»Ich möchte aber wissen, wo Sie um drei Uhr in der Nacht waren.«

»Ach so, in der Nacht«, Frau Heckel lehnte sich zurück. »Da war ich im Bett oder auf der Toilette oder in der Küche. Ich schlafe schlecht. Natürlich habe ich den Brand mit eigenen Augen gesehen. Furchtbar. Ich werde den Turm vermissen. Wolfgarten ohne ihn kann ich mir gar nicht vorstellen. Über 45 Jahre stand er dort. Danach habe ich natürlich kein Auge mehr zugetan.«

Sonja nickte mit ernstem Gesicht. »Ich wohne auch hier in Wolfgarten. Es war wirklich beängstigend.«

»Ich habe Sie aber hier noch nie gesehen!«, rief Frau Heckel verwundert.

»Ich lebe sehr zurückgezogen«, erklärte Sonja.

»Das ist vernünftig«, sagte Frau Heckel. »Am besten, man hält sich aus allem heraus.«

Einvernehmliches Nicken.

»Frau Heckel«, begann Frieda ungeduldig. »Ist Ihnen im Zusammenhang mit dem Brand etwas aufgefallen? Haben Sie vielleicht einen Verdacht oder eine Vermutung? War irgendetwas anders an den Tagen davor oder danach? Haben Sie jemanden gesehen, den Sie vorher hier noch nie gesehen haben. Ein unbekanntes Auto oder so? Uns interessiert im Grunde alles.«

»Alles?«, fragte Frau Heckel verwundert.

»Ja, bei Mord interessiert uns alles.«

Frau Heckel dachte wieder lange nach. Sie schloss die Augen und bewegte sich nicht. Ihre Atemzüge waren regelmäßig.

Frieda runzelte die Stirn.

Sonja legte eine Hand auf Frau Heckels Unterarm. »Frau Heckel?«

Frau Heckel schlug die Augen auf.

»Ist Ihnen etwas eingefallen?«

Sie schüttelte bedauernd den Kopf.

Frieda erhob sich und legte ihre Karte auf den Tisch. »Sie können mich jederzeit anrufen.«

»Gehen Sie jetzt zu meinen Nachbarn?«

Frieda und Sonja nickten.

»Ich will ja niemanden beschuldigen, aber bei einem könnte ich mir schon vorstellen, dass er …« Frau Heckel winkte ab. »Es ist nur meine persönliche Meinung.«

»Wenn Sie etwas wissen, müssen Sie es uns sagen«, betonte Frieda.

»Wissen? Wissen tu ich nichts, ich habe nur so eine Ahnung. Er ist ein komischer Kerl. Ein Einzelgänger und wohnt noch nicht lange hier. Aber, wie gesagt, ist nur meine persönliche Meinung.«

»Nennen Sie uns seinen Namen?«, bat Frieda.

Frau Heckel hob abwehrend die Hände.

Frieda klopfte auf ihre Armbanduhr. »Wir müssen leider gehen.«

Frau Heckel erhob sich schwerfällig und brachte die Kommissarinnen zur Haustür. »Zu Ulrich brauchen Sie gar nicht gehen, glauben Sie mir.«

»Müssen wir aber«, sagte Sonja, ohne sich umzudrehen.

»Wissen Sie denn, wo er wohnt?«

Sonja zeigte vage hinter sich. »Da drüben?«

»Sein Haus liegt am Ortsrand. Zehn Minuten von hier. Rechts runter, dann links. Nicht leicht zu finden. Und sein Name steht auch nicht an der Tür.

»Ulrich und wie weiter?«

»Thommes, Ulrich Thommes. Es ist das Haus Nummer sieben und die Straße heißt Bertholdstraße. Bestellen Sie ihm einen schönen Gruß. Sagen Sie ihm, morgen gibt es Schweinerücken mit Porree. Sagen Sie ihm, ich bringe wieder eine doppelte Portion. Er hat neuerdings einen besonders guten Appetit. Er isst für zwei, sag ich Ihnen!«

»Hat er eine Freundin?«, fragte Sonja mehr sich selbst als Frau Heckel.

Die Kollegen Brummer und Neugebauer hatten es sich im Biergarten der *Kermeterschänke* gemütlich gemacht.

Auf dem Tisch zwischen ihnen standen leere Teller und halb volle Gläser. Sie tranken alkoholfreies Bier und Cola, wenn sie im Dienst waren, HK Brummer mit Rücksicht auf seinen Bauchumfang Cola Zero. Sie lasen Zeitung, die Euskirchener Ausgabe des *Kölner Stadtanzeigers,* und hatten die Seiten um sich herum verteilt. Brummer war in die Weltpolitik vertieft, Neugebauer in den Regionalteil.

Sie waren nicht die einzigen Gäste, um diese Zeit war der Biergarten gut besucht. Auch eine bunt gemischte Wandergruppe war zur Rast eingekehrt. Kinder tobten zwischen den Tischen. Ein kleiner, brauner Hund lag erschöpft im Schatten, zu müde, um aus dem frisch gefüllten Wassernapf zu trinken. Die beiden Kellnerinnen hatten alle Hände voll zu tun.

Neugebauer entdeckte die beiden Kolleginnen zuerst und rief: »Da kommen sie ja endlich.«

Brummer drehte sich um. Er trug eine verspiegelte Sonnenbrille. Seine Lederjacke hing über der Stuhllehne. Seine Hemdsärmel waren hochgeschoben.

»Stören wir?«, fragte sie, zog sich einen Stuhl heran und setzte sich vor Kopf.

»Ihr doch nicht«, beteuerte Neugebauer, faltete seine Zeitung zusammen und räumte den Stuhl neben sich frei.

Sonja ließ sich umständlich darauf nieder und musterte die dunkelbraunen Streifen auf den leeren Tellern. »Jägerschnitzel?«

»Mitnichten. Pfifferlinge und Schweinemedaillons. Kann ich nur empfehlen. War fantastisch.«

»Ist aber leider aus«, sagte Brummer feindselig.

»Ich mag sowieso keine Pfifferlinge«, erklärte Sonja und winkte einer Kellnerin. »Außerdem hatten wir eben erst selbst gebackenen Käsekuchen«

»Ihr seid schon lange hier?«, fragte Frieda.

»Gerade erst«, antwortete Neugebauer. »Was habt ihr denn herausgefunden?«

»Später. Erst möchte ich euren Bericht hören«, entschied Frieda.

Die Kollegen reagierten verdutzt. Hatten sie vergessen, dass sie die Chefin war? Frieda genoss den Augenblick. Sie hatte sich vorgenommen, sich das Heft nicht aus der Hand nehmen zu lassen. Dazu musste sie wachsam sein.

Eine Kellnerin trat an den Tisch. Sonja bestellte Pfifferlinge mit Schweinemedaillons. Trotz oder wegen Brummers Hinweis.

»Gerne.«

»Und ein Landbier. Mit viel Alkohol.«

»Gerne.«

Frieda wollte nur Kaffee. Die Herren winkten ab, als sie an der Reihe waren.

Frieda begann. »Zuerst möchte ich, dass ihr euch bei Sonja entschuldigt.«

»Wofür denn?«, fragten beide unisono und ahnungslos.

»Für euer gestriges Verhalten am Fundort der Leiche.«

Sie murrten herum.

»Nun?«, drängte Frieda.

Sie wanden sich und brachten schließlich ein Wort hervor, das man nur bei sehr gutem Willen als »Entschuldigung« verstehen konnte.

»Das reicht«, sagte Sonja und reckte den Kopf in die Höhe.

»Nun zu euren Befragungen. Welche Straße habt ihr abgegrast?«

»Den Schmidtweg.« Brummer zog seine Sonnenbrille ab, spielte mit den Bügeln und wandte sich an Frieda: »Willst du die kurze oder die lange Fassung?«

»Die kurze«, sagte Sonja.

»Die lange«, sagte Frieda gleichzeitig.

Brummer grinste. »Die Damen sind sich wie immer einig.«

Neugebauer zückte ein kleines Notizbuch, schlug es mithilfe eines Lesebändchens auf einer Seite auf und begann »Wir haben es insgesamt auf sieben Häuser gebracht. Fünf Mal wurde uns die Tür geöffnet. Von einer Putzfrau, zwei kleinen Kindern, einer Architektin, einem Lehrer, einer Hausfrau.«

»Zuerst die Kinder«, sagte Sonja.

»Kindermund tut Wahrheit kund?«, fragte Neugebauer. »Da muss ich dich enttäuschen. Sie haben ihre Oma aus der Küche geholt und die hat sie weggeschickt. Also der Reihe nach. Die Putzfrau verstand natürlich kein einziges deutsches Wort.«

»Gut, dass du keine Vorurteile hast«, murmelte Frieda.

»Die Oma war nur an diesem Tag da, um die Kinder zu hüten. Die Architektin hat eine Baustelle in Aachen und ist nur am Sonntag zu Hause. Aber der Lehrer, der war witzig. Jochen Frey, vierundvierzig Jahre alt, verheiratet, ein Kind von sechs Monaten, teilt sich mit seiner Frau die Betreuung, an drei Tagen in der Woche ist er Lehrer, Biologie und Deutsch, stammt aus Gondorf und spricht perfekt Moselfränkisch, spielt Trompete, liebt Kartoffeln und seinen Traktor.«

»Kartoffeln?«, wunderte sich Sonja.

»Im Grunde seines Herzens ist er Kartoffelbauer.«

»Und hatte echt ein paar schräge Dorfgeschichten drauf«, ergänzte Brummer. »Wollt ihr die hören?«

»Nein«, sagte Frieda.

»Ja«, sagte Sonja gleichzeitig.

Brummer schüttelte den Kopf. »Zum Beispiel den Kartoffel-Mord. Irgendein Freak hat eine Kartoffel-Kanone gebastelt und damit auf einem Dorffest ein Weitschießen veranstaltet. Einer der Bauern wurde von einer Kartoffel getroffen und …«

Die Kellnerin brachte Sonjas Schweinemedaillons mit Pfifferlingen, eine erstaunlich große Portion, das Landbier und Friedas Kaffee. Die SOKO FWT wartete, bis sie sich entfernt hatte.

»… und brach tot zusammen.« Brummer sah beifallheischend in die Runde. »Das muss man sich mal vorstellen.«

»Oder die Geschichte von dem Sohn«, begann Neugebauer und sah zu, wie Sonja sich über die Pfifferlinge hermachte, »der seiner Mutter verspricht, nach der Kirmes nicht mehr wie früher mit vollem Kopf Auto zu fahren, sondern zu Fuß nach Hause zu gehen.«

»Und?«, fragte Sonja mit vollem Mund.

»Auf dem Heimweg wird er von einem Auto überfahren.«

»Oh, nein!« Sonja verzog das Gesicht und nahm einen großen Schluck Landbier. »Ah, schmeckt das gut.«

Frieda räusperte sich, aber niemand bemerkte sie. Die alte Kollegenrunde hatte sich wiedergefunden.

»Wir hätten da noch was. Muss ja nicht immer Mord sein«, steuerte Brummer bei. »Die Bauern machen am Mittag ein Training vor dem Wettsaufen am Abend.«

»Wie?«, fragte Sonja verständnislos.

Brummer verdrehte die Augen. »Das können nur Frauen fragen.«

Neugebauer stupste Sonja an. »Was er sagen will, ist, dass wenn du mittags siebzehn große Bier getrunken hast, kriegst du am Abend nichts mehr runter, verstehst du?«

»Nach siebzehn Bier wäre ich tot«, meinte Sonja.

»Sie versteht es nicht«, schloss Brummer und setzte seine Sonnenbrille wieder auf.

»Das machen die Bauern übrigens auch beim Wettessen«, fuhr Neugebauer unbeirrt fort. »Trainieren am Mittag für den Abend. Siebzehn Klöße müssen überboten werden.«

»Nach siebzehn Klößen wäre ich tot.« Sonja kratzte die Soßenreste vom Teller.

Frieda schlug mit der Hand auf den Tisch. Das Geschirr klirrte. »Können wir jetzt zur Aussage des Herrn kommen?«

»Selbstverständlich, Chef«, sagte Brummer. »Gesichert könne er nichts zu den Ermittlungen beitragen, sagt Frey. Und für Spekulationen und Gerüchte stehe er nicht zur Verfügung. Er hat natürlich die Flammen gesehen, die Sirenen gehört und die Feuerwehren und das Blaulicht gesehen. An den Tagen danach ist auch das ein oder andere Auto vorbeigefahren. Aber … nix Neues im Westen.«

»Und die Hausfrau?«

Die Kommissare schüttelten die Köpfe.

»Und eure Kandidaten?«, fragte Neugebauer.

Frieda und Sonja winkten ab.

Frieda ließ sich gegen die Stuhllehne fallen, streckte ihre langen Beine aus und ließ ihre Arme herunterbaumeln. So hatte sie sich ihren ersten Fall als Leiterin einer SOKO nicht vorgestellt. Natürlich liefen ständig Befragungen ins Leere, nicht ungewöhnlich, aber dieses Mal stand sie unter einem anderen Druck, sie wollte schnelle Ergebnisse vorweisen können. Für sich selbst? Für Roggenmeier? Nein, sie musste sich eingestehen, dass es für ihren Vater war. Und das machte sie wütend.

Es war ihr anzusehen und rief die Kollegen auf den Plan.

»Wir können keine Täter aus dem Hut zaubern«, tröstete Neugebauer sie. »Aber nun, da wir eine Leiche haben, gewinnt doch der verkohlte Balken mit dem Herz eine ganz neue Bedeutung, findet ihr nicht?«

»Welcher Balken?«, fragte Sonja dazwischen.

»M & F – 12.6.2012, am Fuß des Feuerwachturmes«, erklärte Frieda schnell und setzte sich aufrecht, »du hast recht.«

»Aber …«, begann Sonja.

»Holt Erkundigungen ein von Standesämtern, Einwohnermeldeämtern, was weiß ich, durchpflügt unsere Datenbanken.«

Brummer und Neugebauer seufzten.

»Das kann auch der Innendienst machen. Wir haben genug zu tun.«

Sichtbare Erleichterung.

»Auf! Auf!« Frieda sprang hoch und klatschte in die Hände. »Weiter geht's in die nächste Runde. Uhrenvergleich?«

Man einigte sich auf 14 Uhr.

»In zwei Stunden treffen wir uns wieder hier.«

»Einsatzzentrale *Kermeterschänke*«, brummte Brummer.

»Übernehmt ihr die Rechnung?«

Die Herren hatten keine Gelegenheit, nein zu sagen.

14. Kapitel

Vesna hatte ihre Angst vor dem Mann verloren. Sie wurde ungeduldig, wenn sie seine Schritte hörte, das Riegelschloss des Stalltores geöffnet und die Tür zum Nebenraum aufgezogen wurde.

»Hallo, Prinzessin«, sagte er jedes Mal.

Er kam mehrmals am Tag und brachte immer Geschenke mit, Kekse und Bonbons, Coca Cola und Limonade.

Heimlich nannte sie ihn Tata, denn er war gut zu ihr, ganz anders als ihr wirklicher Vater. Seine Stimme und seine Blicke waren liebevoll. Er verstand sie ohne Worte, schien ihre Wünsche zu ahnen und ihr das verhasste, dunkelblaue Kleid nicht wieder zurückgebracht, sie musste auch nur kurze Zeit das dunkle Kleid tragen, das so seltsam gerochen hatte. Er hatte ihr ein neues, schönes, rosafarbenes Kleid gebracht, ein Kleid, wie sie es noch nie gehabt hatte. Es war ein Trägerkleid. Auch ein Nachthemd und Unterwäsche hatte er ihr geschenkt. Er schien die Farbe Rosa zu mögen. Denn alles war rosa.

Zu ihrem Schutz hatte er das Fenster von außen mit Brettern zugenagelt. Durch die Ritzen konnte Vesna erkennen, ob es Tag oder Nacht war. Wenn er bei ihr war, öffnete Tata das Fenster und ließ einen kühlen Luftzug und Vogelgezwitscher hereinwehen. Aber bevor er ging, schloss er es immer sorgfältig und verriegelte es. Ebenso wie die Nebenraumtür und das Stalltor. Einzig die Metallringe, die in die Wand eingelassen waren und an denen Ketten baumelten, machten ihr noch Angst.

Aber dennoch schien Vesna der Nebenraum weniger ein Gefängnis als ein Schutzraum zu sein, ein sicheres Versteck, das immer schöner wurde. Wie mit Zauberhand verwandelte Tata den in nur vier Tagen in ein richtiges Kinderzimmer. Das Zimmer einer Prinzessin, sagte er stolz.

Ein weicher Teppich bedeckte den schmutzigen Betonboden. Aus dem einfachen Lager aus Stroh war ein Bett geworden. Eine Matratze lag auf dem Teppich, auf ihr eine weiche Bettdecke, ein Kissen, bunte Bettwäsche, auf der rosa Elfen durch einen rosa Himmel schwebten. Oder waren es Feen?

Auf den Trog hatte Tata ein Brett gelegt und ihn so in einen niedrigen Tisch verwandelt. Sogar eine Puppe hatte er ihr geschenkt. Vesna schloss sie sofort in ihr Herz. Sie konnte ihre blauen Glasperlenaugen schließen, wenn Vesna sie hinlegte. Sie trug ein rosa Kleidchen und ein silbernes Krönchen in ihrem blonden Lockenhaar. Vesna hatte sie Baba getauft, obwohl sie ganz anders aussah als ihre Großmutter in Zagreb. Mit ihr sprach sie, wenn sie allein war.

Tata legte ein Kabel in ihr Zimmer. Seitdem brannte eine kleine Lampe, auf deren Schirm Mond und Sterne kreisten und ihre Umrisse gegen die Wände warfen. Vesna ließ das Licht Tag und Nacht brennen.

Feierlich überreichte er ihr wenige Stunden später einen großen Block weißes Papier und Buntstifte und forderte sie auf, Bilder zu malen, damit er sie neben die beiden glänzenden Poster mit dem weißen Einhorn in einem nebligen Märchenwald und dem weißen Zauberschloss auf dem Gipfel eines Felsens aufhängen konnte.

Er brachte ihr auch ein Buch, ein deutsches Buch, mit dem Titel *Das doppelte Lottchen*. Zuerst betrachtete sie nur die Bilder der beiden Mädchen, aber dann fing sie an, den Text zu buchstabieren und sich Zeile für Zeile durch die Geschichte zu arbeiten und begriff das Abenteuer, das die Zwillinge bestehen mussten, ehe sie wieder zueinander finden konnten.

Tata schenkte Vesna einen rosa CD-Player und eine CD mit Liedern, die Vesna bald auswendig kannte und mitsingen konnte. Lieder für Kinder. Vesna liebte sie. Sie drehte sich zu den Melodien im Kreis, sang mit lauter Stimme, breitete die Arme aus, legte den Kopf in den Nacken, drehte sich, bis ihr schwindlig wurde und sie auf ihr Bett fiel.

Tata überraschte sie beim Tanzen, weil der CD-Player lief, konnte sie ihn nicht kommen hören. Es war ihr unangenehm, wenn er klatschte und lachte.

Dreimal am Tag durfte sie den Nebenraum und den Stall verlassen. Um sich zu waschen und die Toilette zu benutzen, führte Tata sie in sein Haus, seine Hand fest um ihren Arm, die Augen verbunden. Das Tuch nahm er erst ab, wenn sie das kleine Badezimmer betreten hatte.

Er wartete auf sie vor der Tür, die offenstehen musste. Gegenüber hing an der Wand ein Spiegel, in dem sie ihn sehen konnte. Eine Fotokamera verdeckte sein Gesicht. Deswegen wollte sie sich nicht ausziehen, nicht in die Badewanne steigen, nicht hinter der Glaswand duschen. Aber er bestand darauf – und sie beeilte sich.

Klick. Klick. Eine Fotokamera.

Auch das war ihr unangenehm, aber sie wollte nicht undankbar sein. Sie hatte noch nie in einer Badewanne gelegen. Schaum und Duft umfingen sie. Er meinte es gut mit ihr. Warum sollte sie ihm nicht diesen kleinen Gefallen erweisen? Tata war gut zu ihr. Er passte gut auf sie auf. Er hatte sie vor ihren Brüdern, Mario und Nico, beschützt, die sie zurück zu ihrer Familie bringen wollten, zurück auf die Straße.

Mario hatte Tatas Haus und Hof schon am ersten Abend gefunden, Tata hatte ihn verjagt, aber er war am nächsten Tag wiedergekommen. Vesna hatte sich die Ohren zugehalten, als sie die Schreie, Schläge und das Splittern von Glas hörte.

Am Tag drauf war Niko gekommen, auch ihn hatte Tata vertrieben. Ob ihr Vater Mario, Niko, Igor oder wen auch immer schickte oder sogar selbst herkam, Tata würde alle verjagen.

Hier war sie sicher. Es war so viel besser hier zu sein als auf dem Campingplatz. Sie hatte noch nie ein eigenes Zimmer gehabt. Das Beste aber war, dass sie nicht mehr jeden Tag auf die Straße musste. Sehnsucht hatte sie nur nach Baba. Der Wunsch, zu ihr nach Zagreb zu reisen, blieb, aber er war nicht mehr so brennend. Bald würde sie Tata bitten, ihr dabei zu helfen. Bald. Noch nicht.

An den letzten beiden Abenden war er neben ihr in die Hocke gegangen, hatte sie zugedeckt, ihr eine gute Nacht und einen schönen Traum gewünscht, bevor er sie wieder verließ. Nur einmal hatte er wissen wollen, woher sie kam und wohin sie wollte. Zagreb, hatte sie ihm geantwortet. Danach hatte er keine weiteren Fragen gehabt.

Gestern Abend hatte sich Tata wieder auf die Kante der Matratze gesetzt, um ihr gute Nacht zu sagen. Aber sein Blick war anders gewesen als sonst, etwas lag dahinter, das Vesna nicht kannte. Etwas Dunkles. Er hatte sie schon zugedeckt, ihr einen schönen Traum gewünscht, wie jeden Abend, aber er war danach nicht aufgestanden und gegangen. Sie schloss die Augen und stellte sich schlafend. Aber sie spürte seine Nähe, und als sie durch einen schmalen Spalt zwischen ihren Wimpern blinzelte, saß er noch da.

Sie erstarrte, als sie seine Hand über der Bettdecke auf ihrem Bein spürte. Diese Hand fuhr von den Füßen über den Unterschenkel über das Knie hinauf zu ihrem Bauch und am anderen Bein wieder hinunter und nahm den gleichen Weg zurück.

Vesna hielt den Atem an und hörte den Tatas umso deutlicher. Als seine Hand die Bettdecke beiseiteschob, kniff sie die Augenlider zu, machte sich steif wie ein Brett und krallte ihre Finger in die Matratze. Ihr Mund öffnete sich leicht, ihre Zunge fiel in den Rachen, wie zu einem stummen Schrei.

Nur mit einer Hand knöpfte er umständlich ihr Nachthemd auf und legte ihren Oberkörper frei.

»Du bist schön«, stieß er hervor und begann sie zu streicheln, die kleine Halskuhle, die mageren Schultern, die winzigen Brüste, die Rippen, den Bauchnabel.

Klick. Klick. Das Klicken der Fotokamera. Vesna hatte nicht bemerkt, dass er sie mitgebracht hatte.

Er versuchte, die Finger ihrer rechten Hand zu lösen, die wie im Krampf gebogen waren. Und er küsste ihre Hand, ehe er sie in seinen Schoß legte. Seine Hose war offen.

Vesnas Augen flogen auf, sie starrte an die beiden Poster an den Wänden. Das weiße Einhorn im nebligen Märchenwald und das weiße Zauberschloss auf dem Felsengipfel. Daneben hingen ihre eigenen ersten Malversuche und die Umrisse von Mond und Sternen, die die Lampe an die Wände warf, kreisten in beständigem Lauf.

»Darf ich mich ein bisschen zu meiner Prinzessin legen?«, hörte sie ihn fragen und die Matratze gab unter seinem schweren Körper nach.

Nein sagen konnte sie nicht, sie war nicht mehr da, sie war auf dem Rücken des Einhorns im nebligen Märchenwald verschwunden

Als Vesna heute Morgen wach wurde, war nichts mehr wie zuvor. Die letzte Nacht hatte eine dunkle, unbekannte Seite. Tata gab es nicht mehr. Vesna konnte sich erinnern, wie der Mann sie gestreichelt hatte, die Bettdecke beiseitegeschoben und ihr Nachthemd geöffnet hatte, aber danach gab es ein Loch in der Zeit bis zu ihrem Erwachen.

Sie freute sich nicht wie sonst, sondern fürchtete den Moment, in dem der Mann sie abholen würde, um sie ins Haus zu bringen, damit sie sich waschen konnte. Sie verkroch sich in die äußerste Ecke ihres Bettes, nahm Baba auf ihren Schoß und vergrub ihr Gesicht in der blonden Lockenpracht.

Als er kam, brachte er ihr ein Frühstück, Marmeladenbrote und Milch, und öffnete das Fenster, um frische Luft hereinzulassen. Er war freundlich und gut gelaunt und er fasste sie nicht an. Er war wieder Tata. Er meinte, es sei ein wunderschöner Sommertag und wenn sie wolle, würde er mit ihr eine Spazierfahrt machen.

»Hast du Lust dazu?«

Zaghaft nickte sie.

»Wir können in die Stadt fahren, Eis essen oder Einkaufen. Mädchen gehen doch gern einkaufen.«

In die Stadt? Entsetzt sah sie zu ihm auf.

»Ich kaufe dir alles, was du willst.«

»Nicht in die Stadt«, sagte sie leise und vergrub ihr Gesicht in Babas Haar. Sie konnte dem Mann nicht sagen, dass sie Angst hatte, in der Stadt auf ihre Familie zu treffen.

»Wie du willst, Prinzessin, alles, wie du es willst. Magst du im Wald spazieren gehen?«

Sie schüttelte den Kopf. Sie konnte ihm nicht sagen, dass sie sich fürchtete, mit ihm allein in einem Wald zu sein.

»Auch nicht?«, fragte er verwundert. »Was willst du denn?«

Sie wagte nicht zu sagen, dass sie nur allein sein wollte, nur allein.

Eine Weile war es still im Stall. Nur Vogelgezwitscher drang durch das Fenster. Sie hoffte, er würde gehen und nicht wiederkommen, nie mehr.

Ein leises Lachen. »Ah! Ich kann mir denken, was du willst.«

Vesnas Herz zog sich zusammen.

»Das hat dir letzte Nacht wohl gefallen?«

Ihr Atem stockte.

»Da musst du noch ein bisschen warten, Prinzessin, ich muss erst arbeiten. Und nun iss dein Frühstück auf.«

Sie hatte es noch nicht angerührt, als er zurückkam, um sie zum Waschen ins Haus zu führen. Er tat, als hätte er es nicht bemerkt. Sein Griff an ihrem Arm war fester und härter als sonst, fast zerrte er sie über den Hof. Im Bad wollte sie sich nur am Waschbecken das Gesicht waschen und vom Nachthemd ins Kleid schlüpfen.

»Geh unter die Dusche«, sagte er, als sich ihre Blicke im Wandspiegel begegneten.

Sie hoffte, das Wasser und der Dampf würden sie unsichtbar machen. Als sie die beschlagene Glaswand zurückschob und heraustrat, stand er da mit der Kamera vor dem Gesicht.

Klick. Klick.

Das Handtuch hing unerreichbar. Sie senkte den Kopf und beobachtete die kleine Wasserlache, die sich um ihre Zehen ausbreitete. Klick. Klick.

Danach brachte er sie zurück, nahm das unberührte Frühstück mit und sprach kein Wort mit ihr.

Und während Vesna hoffte, dass er nicht mehr zur ihr kommen würde, vielleicht nie mehr, da hörte sie seine Schritte. Es war noch Tag. Sie verkroch sich in die äußerste Ecke ihres Bettes, zog die Beine an, nahm Baba auf den Schoß und vergrub ihr Gesicht in der blonden Lockenpracht. Er war viel zu früh, um Gute Nacht zu sagen. Durch die Ritzen im Fenster fiel noch helles Licht herein.

»Da bin ich, Prinzessin, du wirst sehen, das Warten hat sich gelohnt.«

Klirren von Glas. Sie sah auf. Er stellte eine Flasche Wein und zwei Gläser auf den Trog-Tisch. Rotwein, der im Schein der kleinen Mond-und-Sterne-Lampe schimmerte. Vesna hatte schon einmal an einem Weinglas genippt. An weißem Wein, der hatte gut geschmeckt, süß wie Limonade.

Der Mann öffnete die Flasche und reichte ihr ein halbvolles Glas. »Auf dich, Prinzessin.«

Sie nippte vorsichtig daran.

»Nimm einen ordentlichen Schluck.«

Sie gehorchte. Dieser Wein schmeckte nicht gut. Er war bitter. Sie verzog das Gesicht.

»Mach das Glas leer.«

Sie gehorchte. Ihre Zunge fühlte sich pelzig an.

Er nahm ihr das leere Glas ab.

Sie vergrub ihr Gesicht wieder in Babas Locken.

»Heiß ist es hier bei dir.« Seine Schritte gingen hin und her. Er öffnete das Fenster.

Sie hörte das Rascheln seines Hemdes, wie er seinen Gürtel öffnete und den Reißverschluss herunterzog, seine Hose zu Boden fiel, seine Schuhe weggeschleudert wurden.

»Komm zu mir, Prinzessin.« Er zog sie an den Beinen zu sich heran, bis sie auf dem Rücken lag, nahm ihr Baba, die Puppe, aus den Händen und warf sie in eine Ecke.

»Zieh das blöde Kleid aus«, keuchte er, zog es ihr über den Kopf und kniete über ihr.

Ihre Hände krallten sich in die Bettdecke, ihre Blicke waren starr auf die beiden Poster an der Wand gerichtet. Und da öffnete sich das Eingangstor zum weißen Zauberschloss auf dem Felsengipfel. Vesna trat ein. Licht flutete das Treppenhaus aus weißem Marmor. Kerzen standen auf den Stufen, von denen eine Frau zu ihr herabstieg. Baba! Vesna lief in ihre Arme, und Baba führte sie an ein hohes Fenster, nahm ihre Hand, und gemeinsam stiegen sie auf die Fensterbank. Baba zog sie hinaus, aber sie fielen nicht in die Tiefe, sondern stiegen Hand in Hand auf wie Vögel.

»Herr Thommes! Hallo!«

Baba ließ ihre Hand los.

Ein Hupen ertönte.

Vesna stürzte vom Himmel auf die Matratze.

»Herr Thommes! Hallo! Herr Thommes, sind Sie da?«

Neben den Mann, der aufsprang.

15. Kapitel

Frieda Stein und Sonja Senger waren von der *Kermeterschänke* geradewegs auf die Bertholdstraße gegangen und hatten bei der Nummer sieben auf die Klingel gedrückt.

Es war ein weitläufiger Hof wie viele in der Eifel, ein schmuckloses Wohnhaus mit Eternit-Platten verkleidet, ein Carport, ein Stall, ein Garten. Viel Platz. Platz zu haben war ein Privileg auf dem Lande.

»Herr Thommes! Hallo!

Sie gingen um das Wohnhaus herum und schauten vom Garten aus durchs Wohnzimmerfenster, auch im Obergeschoss tat sich nichts hinter den Gardinen.

Sie machten sich mit einem kurzen Hupen bemerkbar.

»Herr Thommes! Sind Sie da?«

Er schien nicht zu Hause zu sein, obwohl ein Auto im Carport stand.

»Wir kommen wieder«, sagte Frieda schließlich und wollte den Einsatz abbrechen, als das Stalltor einen Spaltbreit aufgeschoben wurde.

»Was wollen Sie?«

»Sind Sie Ulrich Thommes?«

»Wer will das wissen?«

»Polizei«, erklärte Frieda, die ihren Ausweis hervorzog, während sie auf den Mann zuging.

»Ich habe wenig Zeit. Ich habe geschäftlich zu tun.«

»An einem Samstag?«, fragte Frieda erstaunt und musterte ihn. »Sieht eher aus, als hätten Sie geschlafen.«

Er war ein untersetzter Mann in den Vierzigern. Er wirkte aufgeschreckt, sein Hemd war falsch geknöpft, das Ende seines Gürtels war nicht in die Schlaufe geschoben, seine Haare standen zu Berge, sein Gesicht war hochrot.

»Blödsinn«, antwortete Thommes knapp. »Ich bin selbstständig. Ich kenne keinen Feierabend.« Seine Blicke suchten unruhig die Gegend ab.

»Was machen Sie denn so?«

Er trat einen Schritt heraus und drückte das Tor hinter seinem Rücken ins Schloss. »Import – Export. Worum geht es denn?«

»Es wird nicht lange dauern«, versprach Frieda.

»Wenn es sein muss. Gehen wir hinüber ins Haus.«

»Können wir erst einen Blick in Ihren Stall werfen?«

»Wieso?«

Frieda überging seine Frage und drängte ihn beiseite, sodass sie das Tor aufziehen konnte.

»Da gibt es nichts zu sehen, da sind nur Strohballen drin.«

Frieda betrat den Stall und Sonja folgte ihr. Strohballen stapelten sich bis zum Dachboden, nichts als Strohballen. Aber warum war er so nervös?

»Handeln Sie mit Stroh?«, fragte Frieda.

»Blödsinn. Ich überlasse einigen Bauern meinen Stall als Trockenlagerplatz für ihr Stroh. Mein Warenlager ist in Köln.«

»Aber was haben Sie im Stall gemacht?«, beharrte Sonja. »Strohballen gezählt?«

Ehe er sich eine Antwort einfallen lassen konnte, meldete sich Friedas Handy.

»Kommen Sie.« Sonja ließ Thommes keine Zeit, den Stall zu verriegeln, und ergriff seinen Arm. Während sie ihn zum Haus führte, nahm Frieda das Gespräch entgegen.

Ihre Dienststelle meldete einen Mord bei Kall, Ortsteil Urft. HK Roggenmeier, der sich immer noch in Hannover auf Schwiegerelternbesuch befand, habe verfügt, dass Kommissarin Frieda Stein auch diesen Fall übernehmen solle. Brummer und Neugebauer sollten sie dabei unterstützen. KTU, Rechtmedizin und Bestatter seien schon angefordert. Als Tatort gab die Kollegin den Campingplatz *Urftwiesen* an.

Damit ich auf andere Gedanken komme, erinnerte sich Frieda an Roggenmeiers Worte, als er sie zur Chefin der SOKO FWT kürte. Sich einen Namen für die neue SOKO auszudenken, hatte Roggenmeier wohl vergessen.

»Sonja!«

Thommes und Sonja waren schon im Eingang des Wohnhauses verschwunden, sie kehrten nun beide zurück und traten auf die Türschwelle.

»Was ist denn?«, fragte Thommes nervös.

»Warten Sie im Haus auf uns?«, bat Frieda ihn.

Als er sich entfernt hatte, berichtete sie Sonja von dem neuen Einsatz.

»Ich muss nach Urft. Ein Mordfall. Ich weiß nicht einmal, wo das ist. Ich dachte eigentlich, das sei ein Fluss.

»Urft an der Urft«, erklärte Sonja. »liegt zwischen Kall und Nettersheim.«

»Das geht ja noch.«

»Ich kann die Befragung hier auch allein machen«, schlug Sonja vor.

»Nein! Du gehst besser nach Hause. Wir können morgen wiederkommen oder am Montag. Ich weiß nicht, wie lange das in Urft an der Urft dauern wird. Es kann spät werden.«

»Lass dir Zeit. Ich schaffe das allein«, wiederholte Sonja mit finsterer Miene. »Das habe ich schon tausendmal gemacht.«

»Sicher?«, fragte Frieda. »Hast du dein Handy dabei?«

»Selbstverständlich«, sagte Sonja ohne nachzusehen.

Wenig später saß Kommissarin Frieda Stein auf der Rückbank und blickte zwischen den Hinterköpfen der Kollegen hindurch auf die Straße. Neugebauer saß rechts, Brummer am Steuer.

Laut Navigationsgerät im Armaturenbrett sollten sie eine knappe halbe Stunde nach Urft benötigen. Auf dem Autodach zuckte das Blaulicht, und dennoch musste Brummer ignorante Fahrer beiseite drängeln. Das Motorengeräusch war so laut, die Anspannung so groß, dass ein Gespräch kaum möglich schien. Nicht einmal die Frage, wo sich der unverzichtbare Teil der SOKO FWT, Hauptkommissarin a. D. Sonja Senger, zurzeit aufhielt, wurde gestellt.

Über die B 256 ging es an der Dauer-Baustelle vorbei in Serpentinen hinab nach Gemünd, ab Ortseingang im Kreisverkehr links auf die Kölner Straße, der sie nach Kall folgten. Über den Ortsteil Sötenich gelangten sie nach Urft, wo sich in einem idyllischen Seitental des Flüsschens der Campingplatz befand. Sie hielten vor der Schranke, die fast im gleichen Moment von einem Mann hochgezogen wurde. Durch die offene Seitenscheibe streckte Brummer ihm seinen Ausweis entgegen.

»Endlich!«, rief der Mann, und aufgeregt winkte er ihnen, ihm zu folgen. Im Schritttempo rollte der Polizeiwagen über den Hauptweg an Stellplätzen für Wohnwagen und Wohnmobilen, großen und kleinen Zelten vorbei bis zu einem offen stehenden Tor im Zaun, hinter dem ein großes Chaos herrschte.

Mittendrin standen der Sportwagen von Dr. Meiser, der blau-silberne Sprinter der KTU, ein Leichenwagen und ein Rettungswagen.

Brummer entdeckte noch ein weiteres vertrautes Fahrzeug. »Sieh an, der Oberstaatsanwalt hat sich auch herbemüht. Wenn Sonja das wüsste.«

Frieda hielt Ausschau nach Oberstaatsanwalt Wesseling, konnte ihn aber in der unübersichtlichen Ansammlung von Wohnwagen, Autos und herumstehenden Menschen nicht finden. Sie stiegen aus und bahnten sich einen Weg zum Mittelpunkt des Geschehens, wo vier Männer mit Abspannguten an die Pfosten des Zauns gefesselt waren. Darüber hinaus waren ihre Arme und Beine mit Leinen und Zeltheringen abgespannt.

Die Camper hatten ganze Arbeit geleistet. Stolz blickten sie auf ihre Beute, hatten die Cappies in den Nacken geschoben. Ihre bunten, weiten Hemden über den Shorts waren verschwitzt. Ihre nackten Füße klebten in Plastikschlappen. Sonne und Zorn ließen ihre roten Gesichter glänzen.

»Wie heißen Sie?«, fragte Frieda den Mann, der sie hergeführt hatte.

»Egon Fischer. Ich bin der Betreiber dieses Campingplatzes. Einer ist uns entwischt. Verdammte Scheiße!«

»Was ist passiert?«.

»Ich habe die Männer vorher noch nie gesehen«, erklärte Fischer. »Die sind nicht von hier. Ich weiß nicht, wie die auf meinen Platz kommen konnten. Man hat mich gerufen, weil die hier herumgeschrien und die Horvats angepöbelt haben. Obwohl die Horvats mir liebe Gäste sind. Eine völlig harmlose Roma-Familie. Aber für die da«, er zeigte voller Verachtung auf die Gefesselten und schnappte nach Luft.

»Ja?«, hakte Frieda nach.

»Für die da sind sie eben nur Zigeuner. Und gegen Zigeuner haben die was. Als ich ankam, war die Schlägerei schon im Gange. Wir haben versucht dazwischenzugehen, aber wir hatten keine Chance. Erst als der Chef der Horvats zu Boden ging und nicht wieder aufstand, konnten wir die Männer zu fassen bekommen.«

»Wer hat die Polizei gerufen?«

»Ich!« Fischer tippte sich auf die Brust. »Die Horvats haben versucht, mich daran zu hindern. Aber das konnte ich nicht zulassen.«

»Danke«, sagte Frieda. »Wo ist der Chef der Horvats jetzt?«

»Im Rettungswagen.«

Gut, sagte sich Frieda, dann konnte er nicht tot sein. Vielleicht konnte sie ihm Fragen stellen.

Sie betrachtete die Männer am Zaun abschätzig, sie kannte solche Typen, leider, sie wollten ein sauberes, deutsches Deutschland. Man sah es ihnen nicht an. Sie tauchten aus dunklen Ecken auf, versammelten sich und ihre Wut und schlugen irgendwann zu, ganz ohne Skrupel. Sie widerten Frieda an.

»Kümmert euch um sie«, bat sie ihre Kollegen, trat an den Rettungswagen und zog die Tür auf.

Dr. Meiser und ein Assistent hantierten schweigend über einem Mann auf einer Liege. Auf einem Klappsitz hockte eine Frau, in Tränen aufgelöst, die Haare zerrauft, die Bluse über dem weiten Rock zerknittert, die Hände gefaltet, leise murmelnd.

»Hallo«, rief Dr. Meiser fröhlich. »Sie können den Alarm wieder abblasen. Wir haben ihn gerade zurück ins Leben geholt. Mal sehen, ob er durchhält bis zum Krankenhaus.«

»Ist er ansprechbar?«

»Auf keinen Fall.« Dr. Meiser schüttelte den Kopf und strich sich eine Strähne aus der verschwitzten Stirn. Sie winkte Frieda herein. »Sehen Sie selbst.«

Frieda versuchte, sich auf den Typ Mann zu konzentrieren und das Drama der Verletzungen zu ignorieren: kräftig, groß, Ende fünfzig, schwarze Haare, Hautfarbe Oliv, Hände wie Schaufeln. »Wie heißt er?«

»Dario Horvat. Er ist Kroate.«

Frieda nickte. »Gibt es weitere Verletzte?«

»Ja, aber keine Schwerverletzten, außer seinem Sohn.« Mit einer Kopfbewegung wies Dr. Meiser zu der Frau auf dem Klappsitz. »Das ist seine Frau. Marija Horvat. Sie hat mir den Jungen gebracht. Er hat eine gebrochene Nase und muss unbedingt in ärztliche Behandlung. Ich habe keine Zeit dafür. Übernehmen Sie das oder soll ich Ihnen einen Krankenwagen schicken?«

»Wir machen das. Wo ist er?«

»In irgendeinem dieser Wohnwagen, ich blicke hier nicht durch. Sie müssen sich durchfragen. Er heißt Niko. Wenn Sie uns jetzt fahren lassen.«

»Viel Glück«, wünschte Frieda, stieg aus, schloss die Tür und sah zu, wie Brummer und Neugebauer die Menschenmenge teilten und eine Rettungsgasse frei kommandierten, die sich hinter dem Rettungswagen sofort wieder schloss.

»Ist der angeblich Tote da drin?«, fragte Brummer.

Frieda nickte.

»Fehlalarm, also«, meinte Neugebauer. »Dann können wir uns ja ablösen lassen.«

Frieda sah ihn strafend an und zeigte mit ausgestrecktem Arm auf die Männer am Zaun. »Auf keinen Fall. Die da lasse ich mir nicht entgehen. Solche wie die wollte ich immer schon mal zwischen die Finger bekommen.«

»Ich auch«, sagte Brummer. »Ich wollte sie schon verhaften, ihnen ihre Rechte erklären und ihnen in Aussicht stellen, dass sie mindestens die nächsten vierundzwanzig Stunden in U-Haft verbringen werden, und ich wollte Verstärkung anfordern, um sie abtransportieren zu lassen. Aber …«

»Warum hast du es nicht getan?«, fragte Frieda ungeduldig.

»Wesseling hat schon alles veranlasst.«

Die Kollegen beobachteten sie gespannt. Sonja Senger würde jetzt wütend aus der Haut fahren. Aber Frieda Stein war nicht Sonja Senger.

»Umso besser. Dann lasst uns hier irgendwie Ordnung schaffen. Schickt den Leichenwagen fort, die KTU und alle, die nicht hierher gehören. Nehmt aber vorher ihre Daten auf.«

Neugebauer tippte sich an die Stirn. »Wird gemacht, Chef.«

»Sollen wir auch den Staatsanwalt wegschicken, wenn wir ihn finden?«, fragte Brummer grinsend.

Nachdem der Leichenwagen und der Sprinter der KTU davongerollt waren, stellte sich Neugebauer ans Tor und notierte die Daten der Camper, die Brummer auf ihn zutrieb wie eine Herde Schafe. Übrig blieben die Gefangenen an den Zaunpfosten, um die sich die angeforderte Verstärkung kümmern würde. Das Terrain lichtete sich und gab den Blick auf eine Wagenburg aus fünf Wohnwagen frei. Ein geschlossener Kreis, in dessen Mitte man nur gelangen konnte, wenn man über eine Anhängerkupplung kletterte. Davor parkten fünf Autos, schwere, alte Karosserien mit kroatischen Kennzeichen, die Neugebauer notierte.

»Hilfe! Helfen Sie mir!«

Hände rissen an Friedas T-Shirt. Erschrocken fuhr sie herum.

Eine Frau stolperte, fiel auf die Knie, war kurz davor zusammenzubrechen. »Mein Bruder! Wird er sterben?«

Frieda ergriff ihre Hände, zog sie auf die Füße und redete beruhigend auf sie ein. »Die Ärzte werden alles für ihn tun.«

»Mein Bruder!«

Frieda war nicht sicher, ob die Frau sie verstand und sprach langsam und deutlich. »Ich bin Polizistin.«

Die Frau trat einen Schritt zurück und verzog das Gesicht zu einer Maske aus Angst.

»Und wer sind Sie?«

Sie schlug sich auf die Brust. »Alisa.«

Frieda legte einen Arm um ihre Schulter und spürte das Zittern, das sie durchlief. »Wo kann ich den Sohn Ihres Bruders finden?«

»Welchen? Er hat drei Söhne. Mario ist verschwunden, genauso wie seine Schwester Vesna. Mit ihr ist das Unglück zu uns gekommen.«

Frieda sah sie irritiert an. »Nein, ich suche Niko.«

»Kommen Sie.« Alisa zog Frieda hinter sich her. Sie stiegen über die Anhängerkupplung eines Wohnwagens und trafen auf eine Zusammenkunft der besonderen Art.

Eine schweigende Versammlung saß mit finsteren Mienen an einer langen Tafel, die aus einer Reihe Campingtische bestand. Flaschen und Gläser, Teller und Schüsseln, Pfannen und Töpfe auf den Kochstellen erweckten den Eindruck, als hätte ein großes Festmahl stattgefunden. Auf den Klappstühlen, rund um den Tisch, saßen Frauen und Männer. Einige hatten Kinder auf ihren Schoß gezogen, andere trösteten sich gegenseitig. Ein leises Wimmern und Klagen war zu hören.

Die Türen der Wohnwagen standen offen. Innen brannte Licht und schimmerte durch die Gardinen der Fenster.

Erst als Alisa einen Schwall kroatischer Wörter in die Versammlung rief, hoben die Männer und Frauen die Köpfe und starrten Frieda an. Mehr als ein Dutzend Gesichter. Wütende, trauernde, fragende Blicke.

Eine Familie, dachte Frieda, eine Großfamilie, eine nicht zu übersehende Ähnlichkeit in den Gesichtszügen, den schwarzen Locken, den Farben der Kleidung, rot, blau. Alle Altersstufen waren vertreten.

»Wer ist das, Alisa?« Einer der älteren Männer erhob sich schwerfällig.

»Polizei«, antwortete Alisa.

»Kriminalpolizei Euskirchen«, stellte Frieda sich vor. »Mein Name ist Frieda Stein. Und wer sind Sie?«

»Ivo Horvat. Sie kommen spät.« Der Mann verschränkte die Arme vor der Brust und sein stattlicher Bauch wölbte sich hervor. Seine Blicke waren starr und strafend auf Frieda gerichtet.

»Sie will zu Niko«, erklärte ihm Alisa.

»Nein. Sie soll wieder gehen!«

»Bitte, Ivo«, flehte Alisa.

Nur mit einem Winken seines Kopfes schickte Ivo sie auf ihren Platz. Alisa gehorchte, hob einen umgefallenen Campingstuhl auf, ließ sich darauf fallen und legte die Hände auf die Knie.

Ivo Horvat, dachte Frieda, könnte Alisas Mann sein. Sie räusperte sich, es fiel ihr schwer, gegen die Mauer der Feinseligkeit anzurennen. »Dario Horvat wird überleben, hoffen wir. Er ist auf dem Weg ins Krankenhaus. Die Ärzte tun alles, was sie können. Die Polizei ist hier, um herauszufinden, wer ihm das angetan hat.«

Ivo stieß ein böses Lachen hervor. »Wir wissen, wer Dario totgeschlagen hat. Aber wer wird uns glauben?«

»Ich«, sagte Frieda.

»Und ich!«

Der Mann, der ihre Partei ergriffen hatte, saß mit dem Rücken zu Frieda, ein wenig abseits, er schien nicht dazuzugehören. Er trug ein Jackett, ein weißes Hemd und einen akkuraten Mittelscheitel in seinem rötlich-blonden Haar, putzte sich seine Nase mit einem weißen Stofftaschentuch und wandte seinen Kopf nur ansatzweise um. Das konnte nur einer sein: Oberstaatsanwalt Bernd Wesseling aus Bonn, eine Institution.

Frieda trat neben ihn und streckte ihm die Hand entgegen.

Da erhob er sich. »Kommissarin Frieda Stein?« Er zog eine Augenbraue in die Höhe und betrachtete sie von Kopf bis Fuß.

Sie wartete auf eine Bemerkung über ihre schwarzen Klamotten, aber er sprach nicht aus, was er dachte. Er hatte sie bei jeder Begegnung gefragt, ob sie in Trauer sei. Heute nicht, dabei wäre es heute beinah angebracht. Schnell wischte Frieda den Gedanken an ihren Vater beiseite. »Freut mich, dass Sie kommen konnten«, sagte sie.

»Ich bin von einem Mord ausgegangen«, erklärte er und knöpfte sein Jackett zu.

»Wir auch.«

»Je nun.«

Sie zögerte einen Moment, aber dann entschloss sie sich, Klarheit von Anfang an zu schaffen. »Ich leite diesen Einsatz.«

»Ist das so?« Wesseling holte Luft, um zu einer Rede anzusetzen.

»Fünf Männer waren es!«, brach es aus Ivo heraus. »Wir haben ihnen nichts getan. Wir haben sie noch nie gesehen.«

»Ich weiß«, sagte Frieda. »Ich möchte mit Niko sprechen. Er ist ein wichtiger Zeuge.«

»Kommen Sie«, sagte Ivo widerwillig.

Als Frieda den Wohnwagen betrat, warf sie Wesseling ein Blick zu. Er stand etwas verloren da. Hatte sie ihn überrascht?

16. Kapitel

Der Wohnwagen war mit einer Nasszelle, einer Kochecke und vier schmalen Betten ausgestattet, die in Bug und Heck durch einen schmalen Gang voneinander getrennt und in Sofas umzuwandeln waren. Kleidungsstücke, Hefte und Bücher lagen durcheinander verstreut auf der bunten Bettwäsche. Einige Klappen der randvollen Oberschränke standen offen. Die Luft war stickig. Es roch nach Schweiß. Die Vorstellung, auf schätzungsweise zehn Quadratmetern mit vier Personen wohnen zu müssen, entsetzte Frieda.

Niko Horvat lag mit angezogenen Beinen unter einem Fenster, das auf Kipp stand. Einen Arm hatte er über sein Gesicht gelegt. Ein Junge von vielleicht sechzehn Jahren, seine schwarzen Locken breiteten sich wie ein Fächer auf dem Kopfkissen aus.

»Niko!« Ivo rüttelte an seiner Schulter. Vorsichtig legte er dessen Arm beiseite. Jemand musste die Nase notdürftig versorgt haben. Sie war mit einem weißen Mull bedeckt, der sich langsam rosa färbte und mit Pflastern auf die Wangen geklebt war.

»Lassen Sie uns allein?«, bat Frieda und setzte sich auf die Bettkante.

Niko hob den Kopf und sah Ivo nach, wie er den Wohnwagen verließ und die Tür hinter sich schloss. »Wo ist meine Mutter?«, murmelte er.

»Sie ist mit deinem Vater ins Krankenhaus gefahren.«

»Ins Krankenhaus?«

»Ja, Niko, dein Vater lebt.«

Er seufzte und setzte sich auf.

»Mein Name ist Frieda Stein. Ich bin Polizistin. Der Staatsanwalt ...«

»Wer?«

»Der Staatsanwalt ist der oberste Chef der Polizei«, erklärte sie. Das würde der Innenminister nicht gerne hören, aber jetzt war nicht die Zeit, Niko ein Organigramm der Exekutive vor Augen zu führen. »Er ist auch hier.« Sie hob die Gardine an und zeigte Niko den eleganten Mann, der am Tisch seiner Familie saß wie vom Himmel gefallen. »Er hat die Männer verhaftet, die deinen Vater versucht haben umzubringen. Es waren fünf. Einer konnte fliehen. Sie werden ins Gefängnis kommen bis die Untersuchung geklärt ist. Es gibt genügend Zeugen.

»Zeugen?«

»Männer und Frauen, die die Tat beobachtet haben.«

Niko nickte stumm.

»Was ist mit deiner Nase? Welcher der Männer hat dir das angetan? Hast du dir sein Gesicht gemerkt?«

»Nein.«

»Aber es muss Zeugen geben.«

»Nein.«

»Da draußen wimmelt es von Menschen, und du willst mir sagen, dass es keiner gesehen hat? Das kann ich mir nicht vorstellen.«

Niko schwang seine Beine über die Bettkante, vergrub seine Hände im Schoß und schien nach Worten zu suchen. Von draußen drang Gemurmel herein. »Es ist nicht hier passiert. Ich war auf der Suche nach Vesna. Sie ist meine Schwester. Sie ist weggelaufen.«

»Von hier?«

»Nein, bei einem Auftritt in Trier.« Frieda sah ihn fragend an. »Wir sind ein Chor. Wir singen in den Fußgängerzonen verschiedener Städte. Wir haben eine Genehmigung und Papiere, es ist alles in Ordnung, glauben Sie mir.«

»Das interessiert mich nicht. Warum ist Vesna weggelaufen?«

Niko strich sich über die Oberschenkel. »Ach, das hat sie schon öfter gemacht. Das ist nichts Besonderes. Sie will einfach nicht mehr mit uns singen. Sie glaubt, sie wäre zu gut dafür. Ihre Stimme wäre zu gut dafür. Und sie hasst es, auf der Straße angestarrt zu werden. Und nicht nur das. Es gibt viele wie die da draußen. Aber bisher ist sie immer von selbst zurückgekommen. Noch bevor es Nacht wurde. Oder einer von uns hat sie gefunden. Aber dieses Mal ist es anders.«

»Wann war das?«

»Letzten Montag. Wir haben an diesem Tag in Trier gesungen. Es war um die Mittagszeit, als sie abhaute. Wir dachten, sie kommt von selbst wieder, wie immer. Aber als sie am Abend noch nicht zurück war, hat mein Vater …«, er unterbrach sich.

»Dein Vater hat dich geschickt, sie zu suchen?«, half Frieda weiter.

Er schüttelte den Kopf. »Nein, zuerst musste Mario, mein Bruder, sie holen gehen. Wir wussten ja, wo sie war.«

»Wie das?«, fragte Frieda verwundert.

Niko versuchte zu lächeln. »Handy? Satellit?«

»Verstehe«, sagte sie. »Aber er hat sie nicht gefunden?«

Niko schüttelte den Kopf. »Doch. Aber nur das Haus. Der Mann hat ihn verjagt.«

»Wo war das?«

Niko langte unter sein Kopfkissen und zog sein Handy hervor. Es war eingeschaltet, und das Display zeigte eine Karte. Und auf der Karte einen blauen Punkt in einer Ortschaft. Er vergrößerte den Kartenausschnitt.

»Der Ort heißt Wolfgarten. Es ist das Haus Nummer sieben auf der Bertholdstraße«, sagte Niko. »Aber ich weiß nicht, wie der Mann heißt.«

Ein Ruck ging durch Frieda. »Aber ich weiß es.«

Die Erkenntnis traf sie wie ein Blitz. Hier war die Schnittstelle, der Knoten, der zwei rote Fäden miteinander verband. Die Strohballen im Stall, Thommes' offene Hose, Frau Heckels doppelte Essensportionen! War eine Portion für Vesna gewesen? Auf einmal wurde aus diesen Momentaufnahmen ein Film. Ein Horrorfilm. Und einen Namen für diese SOKO zu finden, erübrigte sich augenblicklich. Zwei Schauplätze und eine SOKO, die SOKO FWT.

16.30 Uhr, vor etwa zwei Stunden hatte sie Sonja bei Thommes zurückgelassen, allein, durchfuhr es Frieda. Ob Sonja noch bei ihm war? Hatte er sie gehen lassen? Oder hatte er Verdacht geschöpft?

»Mein Vater war sehr zornig auf Mario«, hörte sie Niko berichten, »als er ohne Vesna zurückkam, und hat ihn am nächsten Tag noch einmal dahin geschickt. Er durfte nicht ohne sie wiederkommen«, sagte Niko. »Und deswegen kam er auch nicht wieder.«

»Warte«, bat sie und tippte in ihrem Handy auf Sonjas Telefonnummer. Es meldete sich die Mailbox. »Mist.« Hatte Sonja ihr Handy wirklich mitgenommen oder bimmelte diese vermaledeite Miss-Marple-Melodie jetzt in einem verlassenen Forsthaus am Ende der Stromleitung? Hatte sie es wie üblich nur nicht eingeschaltet oder konnte sie nicht drangehen, weil Thommes … der Tinnitus in Friedas linkem Ohr schwoll an zu einer Sirene.

Sie versuchte es ein weiteres Mal. Übertrieb sie? Sah sie Gespenster? Würde sie dafür wieder einen Rüffel bekommen? Egal, sie durfte kein Risiko eingehen und traf eine schnelle Entscheidung. Sie orderte in ihrer Dienststelle ein Einsatzkommando an, das eine Frau, ein Mädchen und einen Jungen aus den Händen eines gewalttätigen Mannes befreien sollte.

»Warum habt ihr nicht die Polizei eingeschaltet?«, fragte sie. »Dafür sind wir da!«

»Mein Vater hat es verboten.«

Immer dasselbe, dachte Frieda wütend. Die Angst vor der Polizei bei ausländischen Mitbürgern schien angeboren zu sein.

»Am Freitag war ich dann an der Reihe«, flüsterte Nico.

»Warum ist er nicht selbst …?«

Er überging die Frage. »Ich sollte Vesna und Mario nach Hause bringen, aber …« Frieda legte eine Hand auf seine Hände. Er zuckte zusammen, ließ es aber geschehen. »Ich wollte nur mit dem Mann reden. Aber er hat einfach die Scheibe durchgeschlagen. Wie ein Hammer kam seine Faust durch die Scheibe mitten in mein Gesicht. Sind Mario und Vesna noch am Leben?

»Wir gehen davon aus«, sagte Frieda. Sie durfte ihm nichts vormachen, sicher war es nicht. »Ein Arzt sollte sich deine Nase ansehen. Ich werde einen Krankenwagen rufen und ...«

»Nein. Nein«, wehrte er ab. »Kein Arzt. Kein Krankenwagen. Meine Tante Alisa sagt, die Nase heilt von allein.«

»Wenn du Glück hast, wird sie nur krumm und schief sein:«

Ein banges Lächeln in den Mundwinkeln. »Egal. Dann unterscheide ich mich wenigstens von den anderen.«

»Die Mädchen werden dir nachlaufen«, versprach Frieda. »Wo warst du, als die Prügelei da draußen stattfand?«

»Hier drin«, antwortete Niko. »Ich konnte ihm nicht helfen, weil ...«

»Natürlich nicht. Aber was hast du gesehen?

»Mein Vater war bei mir, als die Männer auftauchten. Sie haben gegrölt und herumgeschrien, so wie sie es manchmal in den Fußgängerzonen tun. Sie rufen immer dasselbe, nennen uns Ausländer und Zigeuner, behaupten, wir würden sie bestehlen. Und sie wollen uns vertreiben oder abschieben. Schon am Donnerstag sind welche von denen hierhergekommen, haben aber nur herumgeschrien und sind wieder abgezogen. Aber heute sind sie geblieben.«

»Und es kam zu einem Kampf?«

»Ja. Es dauerte keine Sekunde, ehe mein Vater draußen war. Es waren fünf Männer, glaube ich. Deutsche Männer. Mein Bruder Igor, unsere beiden Onkel und zwei unserer Cousins versuchten unsere Familie zu schützen. Mein Vater stellte sich in die vorderste Reihe. Ein deutscher Mann fing an, hob die Hand gegen Igor – und es ging los. Tritte und Schläge. Ich konnte die Männer nicht mehr auseinanderhalten. Aber plötzlich lag mein Vater am Boden und stand nicht wieder auf. Von da ab habe ich nicht mehr hinsehen können.«

»Es gibt auch andere deutsche Männer«, sagte Frieda leise. »Einige der Camper haben versucht, euch zu helfen.«

»Ja?«, fragte Niko ungläubig.

»Sie haben die Männer, die deinen Vater angegriffen haben, gefesselt. Nur einer ist ihnen entwischt, das war sehr mutig von ihnen.«

Er nickte.

»Du sprichst ziemlich gut deutsch«, sagte Frieda und fand im gleichen Augenblick, dass sie sich den Satz hätte sparen können.

»Ich weiß«, sagte Niko mit einem kleinen Lächeln. »Man glaubt es nicht, nicht wahr?«

Frieda räusperte sich verlegen und wechselte das Thema. »Hast du Fotos von Vesna und Mario?«

»Ich nicht, aber meine Mutter, aber … am besten fragen Sie Tante Alisa.«

»Pass auf dich auf, ja?«

Er hob die Schultern und ließ sie wieder sinken. Noch einer von diesen Sätzen, schimpfte Frieda mit sich selbst und starrte auf ihr Handy, während sie den Wohnwagen verließ.

Wahlwiederholung. Mailbox. »Sonja? Ich bin es, Frieda. Dieser Thommes ist gefährlich. Womöglich hat er einen Jungen und ein Mädchen in seiner Gewalt. Also, sieh dich vor. Melde dich sofort bei mir, wenn du das hier hörst. Ein Einsatzkommando ist auf dem Weg zu dir. Also, halte durch. Sonja! Sonja? Verdammt! Geh endlich dran!«

Währenddessen sah sie sich um. Brummer und Neugebauer saßen an der großen Tischrunde und sprachen mit dem Clan. Neugebauer fing ihren Blick auf, sprang auf, kam ihr entgegen und drückte ihr zwei Fotos in die Hand.

»Diese beiden werden vermisst«, flüsterte er aufgebracht, »Vesna und Mario Horvat. Das Mädchen seit dem 12., also seit Montag, und der Junge seit dem 14., also Mittwoch. Eine Vermisstenanzeige wurde bisher nicht aufgegeben, weil die Familie nichts mit der Polizei zu tun haben will.«

»Ich weiß.« Frieda blickte auf hübsche, aufgeweckte Gesichter, die sich erstaunlich ähnlich sahen, was auch an ihrer Kleidung liegen konnte. Weiße Schuhe, blaue Hose, rotes T-Shirt.

Sie sah Neugebauer entgeistert an. »Siehst du, was ich sehe? Weiße Schuhe, blaue Hose, rotes T-Shirt? Wie die Leiche am Feuerwachturm!?«

»Daran musste ich auch sofort denken.«

»Dann könnte es sich um Mario handeln.«

Neugebauer nickte. »Und das Mädchen?«

»Ich glaube, ich weiß, wo sie ist.«

Er blinzelte nervös.

»Bei diesem Ulrich Thommes«, sagte Frieda.

»Nein!« Er fasste sich an den Kopf »Und Sonja?«

Ihr verzweifeltes Gesicht sprach Bände. »Ich habe schon ein Einsatzkommando hingeschickt.«

Mit einem heftigen Niesen stolperte Wesseling über eine Anhängerkupplung in das Gespräch. Pikiert blickte er auf seine beschmutzten Schuhe und zog Hose und Jacke glatt.

»Er weiß Bescheid. Er hat die Fotos gesehen«, raunte Neugebauer.

»Je nun«, sagte Wesseling.

»Ich weiß, wo das Mädchen ist«, sagte Frieda, als Wesseling vor ihr stand. »In Wolfgarten. Ich war heute Nachmittag bei dem Mann, um ihn als Zeugen des Brandes zu befragen, weil er in der Nähe des Feuerwachturmes wohnt. Wir haben Sie über den Leichenfund informiert, Sie erinnern sich …?«

»Ist Ihnen denn nichts aufgefallen?«, unterbrach Wesseling sie. »Hatten Sie keinen Verdacht?«

»Nein«, sagte sie gedehnt. »Ich habe gerade mal zwei Worte mit ihm gewechselt, als ich hierher beordert wurde.«

»Schade«, sagte er vorwurfsvoll.

Es war dieses eine Wort im süffisanten Ton und mit diesem überheblichen Blick, das die Alarmglocken in Friedas Kopf zum Schrillen brachte. »Ich habe soeben ein Einsatzkommando nach Wolfgarten geschickt.«

»Immerhin.« Er nickte. »Sie fahren mit mir.«

»Nein, ich wollte eigentlich mit meinen Kollegen …«

»Das ist eine dienstliche Anweisung«, behauptete Wesseling, wandte sich ab, ging voraus und niemand widersprach. Es war nicht die Zeit für Machtspiele.

Um 18 Uhr saß Frieda endlich neben Wesseling auf den weichen, hellen Ledersitzen seines BMW. Ihr Handy lag in ihrem Schoß. Sie hatte sich vorgenommen, kein Wort mit ihm zu wechseln, aber das musste er nicht wissen.

Sie musterte ihn. Er schnitt nicht gut ab, weil sie nicht gut auf ihn zu sprechen war. Sein Herrenduft war zwar dezent, aber schwierig. Seine Haut schimmerte milchigrot und seine Wangen begannen schlaff zu werden. Er musste im Alter ihres Vaters sein. Oberstaatsanwalt Bernd Wesseling und Rechtsmediziner a. D. Dr. Helmut Stein hatten nicht nur auf dem Dienstweg miteinander zu tun gehabt.

Ihr Vater! Wie lange hatte sie jetzt nicht an ihn gedacht? Wie lange nicht ihr Handys nach Anrufen ihrer Mutter durchsucht? Wie lange nicht deren Nummer gewählt, nur um den Anruf zu beenden, ehe das Freizeichen erklang?

»Es gibt gute Nachrichten«, ließ Wesseling verlauten.

Sie blieb bei ihrem Vorsatz. Kein Wort.

»Der Zustand von Dario Horvat stabilisiert sich, aber wir können den Männern trotzdem versuchten Totschlag und schwere Körperverletzung vorwerfen. Wir werden alle Register ziehen. Es würde mich nicht wundern, wenn sie bereits wegen anderer Delikte unsere Datenbanken bevölkern.«

Kein Wort.

»Sie haben die Fotos der vermissten Kinder gesehen, nicht wahr?«

Sie nickte.

»Sie sehen alle gleich aus, finden Sie nicht, die Kinder der Horvats. Ob sie nun Igor, Mario, Niko, Vesna oder wie auch immer heißen.« Er warf ihr einen kurzen Blick zu. »Das sage ich nicht, weil sie keine Deutschen sind.«

Kein Wort.

»Sie haben keine Geschwister, nicht wahr?«, fragte er.

»Das wissen Sie genau«, platzte es aus ihr heraus.

Als sie noch zur Schule ging, war Wesseling manchmal mit seiner Frau zum Essen bei den Steins eingeladen worden. Steife, todlangweilige Veranstaltungen, die Frieda erst verlassen durfte, wenn sie ihren Teller leer gegessen hatte. Sie hatte das Essen heruntergeschlungen und danach Bauchweh gehabt. Wesselings verband sie mit Bauchweh. Früher auf jeden Fall.

»Ich finde, dass Sie durchaus Ähnlichkeit mit Ihrem Herrn Vater haben.«

Danke, fluchte Frieda innerlich. Das war genau die Bemerkung, die sie brauchte. Wusste Wesseling, dass sein Freund und Kamerad im Krankenhaus lag? Im Sterben? Von ihr würde er es nicht erfahren.

»Sehen Sie es als Kompliment.«

»Pah!«

Sie wünschte, er würde nicht über familiäre Dispositionen spekulieren, sondern den Mund halten und schneller fahren. Warum trat er das Gaspedal nicht durch? Sie hatte ein Team von schlagkräftigen Spezialisten zu Thommes geschickt, redete sie sich gut zu. Ob sie schon alles kurz und klein geschossen hatten? Nervös trommelte sie mit den Füßen gegen den Fußraum.

17. Kapitel

Nachdem Kommissarin Frieda Stein zum Campingplatz *Urftwiesen* in Urft an der Urft aufgebrochen war, um dort einen Mord aufzuklären, war Sonja Senger auf Ulrich Thommes' Hof zurückgeblieben, um die Stellung zu halten. Sie hatte das dringende Gefühl, dass er etwas zu verbergen hatte.

Er wusste nicht, dass sie ihm als pensionierte Polizistin ohne Befugnisse und ohne Waffe gegenüberstand. Und das war auch besser so. Er zeigte Respekt, benahm sich vorbildlich, war geradezu geschäftsmäßig entgegenkommend, das schlechte Gewissen in Person, erschien es Sonja.

Er führte sie in sein Wohnzimmer und wies auf eine Wohnlandschaft aus camelfarbenem Leder. »Bitte setzen Sie sich doch.«

Sonja checkte den Raum mit einem Rundumblick. Vor dem Fenster zum Garten stand ein runder Esstisch mit vier chromglänzenden Schwingstühlen, im hinteren Teil des Raumes war eine Arbeitsecke eingerichtet. Schreibtisch, Rechner, Aktenregal. Auf einem kleinen

Tisch thronte auf einem schwarzen Seidentuch eine chromfarbene Designer-Espresso-Maschine, im Fokus einer aufwendigen Kamera auf einem Stativ und einer in der Fotobranche üblichen Stehlampe mit überdimensionalem Schirm. Keine Bilder an den Wänden, keine Gardinen vor den Fenstern, alles nüchtern und modern, keine Blumen, kein Nippes, kein Teppich auf dem gefliesten Boden. Sonja sank in die Wohnlandschaft und fragte sich, wie sie je daraus wieder aufstehen sollte.

Er bot ihr ein Glas Wein an. »Rot oder weiß?«

»Kein Alkohol am Tag.«

Er sah auf sie hinab. »Was kann ich also für Sie tun?«

»Nur ein paar Fragen beantworten.« Sonja zog ein Notizheft und einen Bleistift aus ihrer Tasche.

»Wenn es sein muss.«

»Wo waren Sie am 13. Juni gegen 3.30 Uhr in der Nacht?«

»Als der Feuerwachturm lichterloh brannte?«, fragte er zurück.

Sie nickte.

»Hier«, sagte er. »Das Feuer hat mich aus dem Schlaf gerissen.«

»Waren Sie allein?«

Er lächelte. »Ja. Leider, muss ich sagen.«

»Sie leben hier allein?«

»Noch«, antwortete er. »Aber ich bin auf der Suche nach einer Frau. Das ist nicht leicht. Wer will hier schon leben?«

Sonja ging nicht darauf ein. »Kann irgendjemand bezeugen, dass Sie hier waren? Gab es vielleicht ein Telefonat oder ähnliches?«

»Um drei Uhr in der Nacht? Ich bitte Sie. Die Leute, die ich kenne, schlafen um diese Zeit.«

Sie nickte. »Ist Ihnen vielleicht an den Tagen vor oder nach dem Brand irgendetwas Ungewöhnliches aufgefallen?«

Er schüttelte den Kopf. »Alles tote Hose hier, wie immer. Wenn ich nicht so sehr am Haus meiner Eltern hängen würde, wäre ich hier längst weg. Aber ich bin hier aufgewachsen, wissen Sie.«

»Aber Sie haben es schön hier, finde ich. Würden Sie mir Ihr Haus zeigen?«

Er zog die Augenbrauen verwundert hoch. »Haben Sie einen Durchsuchungsbeschluss?«

»Sollte ich?«

»Natürlich nicht«, antwortete er schnell.

»Keine Sorge. Ich bin lediglich eine neugierige Frau. Sie scheinen Stil zu haben, das gefällt mir.« Er lächelte geschmeichelt, und sie legte noch eine Schüppe drauf. »Ich bin immer auf der Suche nach Anregungen, wissen Sie.«

Vergebens. Thommes sprang nicht darauf an, er blieb wachsam. »Wäre es das denn jetzt?«, hörte sie ihn ungeduldig fragen.

Sonja hätte die Befragung hier beenden können, sie hätte versuchen können, aus der Wohnlandschaft zu klettern, um nach Hause zu gehen und die Beine hochzulegen. Ruhe im Forsthaus. Aber es ging ihr nicht aus dem Kopf, wie ertappt, aufgeschreckt, verstört Thommes gewirkt hatte, als er das Stalltor aufgeschoben hatte. Noch dazu unvollständig gekleidet. »Ist das Ihr Lager nebenan im Stall?«

»Nein«, sagte er genervt. »Sie haben es selbst gesehen. Da sind nur Strohballen drin. Wie gesagt, ich vermiete einigen Bauern aus der Nachbarschaft den Stall als trockenen Lagerplatz. Mein Warenlager ist in Köln. Dank Internet kann man ja von überall aus arbeiten.«

»Wie heißt Ihre Firma eigentlich?«

»ELETHO mit H.«

»Verstehe, Elektro Thommes. Mit Sitz in Wolfgarten?«

»Nein, nein, auch in Köln«, widersprach er seufzend. »Ich habe dort ein zweites Büro.«

»Adresse?«

Thommes wirkte überrascht, als hätte er mit dieser Frage nicht gerechnet. Er wand sich, und Sonja konnte förmlich sehen, wie es hinter seiner Stirn rumorte. Dann leierte er einen Straßennamen in Köln-Niehl herunter, den sie noch nie gehört hatte, aber das musste nichts heißen. Im Kölner Norden war Sonja so gut wie nie gewesen. Die Angabe war leicht zu überprüfen.

»Haben Sie Mitarbeiter?«

»Nein«, stöhnte er. »Ich ziehe es vor, alles in einer Hand zu haben, nämlich in meiner.«

»Gut«, meinte Sonja und schlug ihr Notizbuch zu. »Halten Sie sich in der nächsten Zeit als Zeuge zur Verfügung.«

»Ich habe nicht vor zu verreisen. Aber bitte rufen Sie nächstes Mal an, bevor Sie kommen.«

»Warum?«, fragte Sonja ohne hochzusehen.

»Weil sie sonst vielleicht umsonst kommen.«

»Wir kommen nie umsonst, wir kommen höchstens vergebens.«

Thommes kontrollierte die Zeit auf seiner Armbanduhr. »Also wenn es das jetzt wäre, würde ich gern weiterarbeiten.«

Sonja hatte Mühe, sich aus der Wohnlandschaft zu erheben. »Schönes Sofa.«

»Büffelleder«, sagte er stolz.

»Ich habe gehört, die Büffel sterben aus«, sagte sie.

»Das stört mich persönlich nicht«, er lachte polternd. »So ein Sofa hält Jahrzehnte.«

Auf dem Weg hinaus zeigte Sonja auf die Foto-Arbeitsecke. »Womit handeln Sie denn noch, außer mit Espressomaschinen?«

»Mit hochwertigen Elektroartikeln aller Art. Haben Sie Interesse?«

»An einer Espressomaschine? Nein, danke, ich filtere meinen Kaffee per Hand.«

Er verzog das Gesicht. »Aber einen richtig guten Staubsauger vielleicht? Und damit meine ich den Mercedes unter den Staubsaugern.«

»Auch nicht.« Sie hatte ein vorsintflutliches Gerät, das ungemütlich laut war und manchen Flusen übersah, aber ihren Ansprüchen vollauf genügte.

»Vielleicht ein neues Smartphone?«

Sie winkte ab. »Mein altes Handy ist perfekt.«

»Was haben Sie denn zurzeit für eines?«

Sie kramte ihr Handy hervor.

Thommes lachte schallend auf. »So ein alter Knochen! Ich wusste gar nicht, dass so etwas noch erlaubt ist. Den können Sie vergessen. Ich mache Ihnen einen Sonderpreis.« Er rieb sich die Hände.

»Danke, aber das geht wirklich nicht. Ich bin Beamtin.«

»Bestechung?« Thommes zwinkerte ihr zu. »Nein. Das würde ich nie tun. Nur ein ganz normaler Sonderpreis.«

Sonja warf einen Blick zur Uhr an der Wand hinter dem Esstisch, ein Stahlblock, der nicht tickte und weder Zeiger noch Zahlen kannte, nur zwei Leuchtpunkte zeigten die Zeit an. Schätzungsweise Viertel vor vier. An eine Ablösung durch Frieda Stein und ihre Kollegen war noch nicht zu denken. Bis dahin durfte sie Thommes nicht aus den Augen lassen, das war Ehrensache. Sie gab ihrem Herzen einen Stoß. Heiligte der Zweck nicht die Mittel?

»Sie haben recht, ich muss mich wohl doch endlich einmal von meinem alten Handy trennen.«

»Sehen Sie!«

»Und hätte gern ein schickes Smartphone. «

»Warum sagen Sie das nicht gleich? Setzen Sie sich wieder. Ich laufe mal schnell nach oben, da habe ich ein paar, natürlich im Originalkarton. Die neuesten Modelle. Warten Sie.«

»Lassen Sie sich Zeit.«

Sonja ließ sich wieder in die Wohnlandschaft plumpsen und hörte Thommes die Treppe hinauflaufen, Schritte im Stockwerk über ihr, dann ein Rumpeln. Er sprang nicht aus dem Fenster im Obergeschoss, er war kein James Bond. Sonja nutzte die Gelegenheit, quälte sich noch einmal aus dem Sofa, huschte in den Flur, schloss die Haustür ab und steckte den Schlüssel ein.

Sie war noch außer Atem, als Thommes mit zwei kleinen Kartons zurückkam. »Welches wollen Sie? Sie sind beide hervorragend.«

»Ich habe keine Ahnung. Empfehlen Sie mir eines.«

»Nehmen Sie das hier«, er wies auf den Karton in seiner linken Hand. »Das habe ich auch.«

»Der Mercedes unter den Smartphones?«, fragte Sonja.

Er zwinkerte ihr zu. »Ich sehe, Sie verstehen etwas davon.«

»Nein, überhaupt nicht. Sie müssen mir erklären, wie es funktioniert. Von A bis Z. Haarklein. Mit allem Zipp und Zapp.«

»Ach, Herrje«, meinte er. »Das wird aber ein wenig dauern.«

»Das macht nichts. Wir haben Zeit. Haben Sie vielleicht einen Tee für mich?«

Thommes verschwand in die Küche. Bald war das Blubbern eines Wasserkochers zu hören. Kurz darauf erschien er mit einer Kanne und einer Tasse.

»Ist das etwa schwarzer Tee?«

Er nickte.

»Oh nein! Nicht schwarzer Tee, den vertrage ich nicht, bitte einen Kräutertee, ist das möglich?«

Knurrend folgte er ihrem Wunsch, verschwand erneut und kam mit Pfefferminztee zurück.

Während der Tee zog, schickte sie ihn Zucker holen. Jede Minute schlug zu Buche. Der Zucker kam, sie fasste sich stöhnend an die Stirn: »Ich habe seit Ewigkeiten nichts gegessen. Hätten Sie vielleicht eine trockene Scheibe Brot?«

»Hm, ich könnte Ihnen ein Schinkenbrot machen.«

»Das wäre fantastisch.«

Während das Smartphone sich zum ersten Mal auflud, erklärte Thommes Sonja die Funktionen an seinem eigenen, baugleichen Gerät.

Während Sonja behaglich kaute und Tee schlürfte, behielt sie die Uhr ohne Zeiger im Blick und versuchte gleichzeitig, Thommes' Ausführungen zu folgen. Sein Fachchinesisch ließ viele Fragen offen. Sonja hatte keine Mühe, sich dumm anzustellen. Er sprach langsam und deutlich wie mit einer schwerhörigen Seniorin.

Er war bei der Einstellung der Sprachbox angekommen, als sich von einer Sekunde zu anderen, als wäre er plötzlich erwacht, sein Gesicht zu einer wütenden Maske verzerrte. »Wissen Sie was, ich glaube, Sie verarschen mich hier!«

Sonja zuckte zusammen. »Wie kommen Sie denn darauf?«

»Aufstehen!«

Er packte ihren Arm, zerrte sie aus seiner Wohnlandschaft, drängte sie in den Flur und schob sie in einen kleinen, fensterlosen Raum neben der Haustür. Er schloss die Tür ab und schlug mit der Faust dagegen.

Sonja machte Licht.

Ein Gäste-WC.

Auf dem Display ihres Handys stand die Uhrzeit. 17.20 Uhr.

Von einer Netzverbindung konnte keine Rede sein.

18. Kapitel

Kein Leichenwagen und kein Rettungswagen, nur ein Mercedes und zwei blau-silberne Polizei-Sprinter parkten auf Thommes' Hof in der Bertholdstraße. Licht brannte hinter allen Fenstern des Wohnhauses, auch im Flur. Die Haustür war aus den Angeln gerissen und lag zersplittert neben dem Eingang. Licht fiel auch durch das offenstehende Stalltor.

Kommissarin Frieda Stein sprang zuerst heraus, dann entstieg Oberstaatsanwalt Bernd Wesseling seinem Auto, drückte die Tür sanft ins Schloss, zog sein Jackett glatt und nieste. Das Echo klang nach einem Schuss.

Prompt erschien ein Gesicht hinter einer Fensterscheibe im Erdgeschoss und verschwand im gleichen Augenblick. Kurz darauf erschien ein Mann in der Haustür. Groß, breitschultrig, schwarze Einsatzkleidung und Schutzweste. Breitbeinig stand er in seinen schwarzen Stiefeln auf der Schwelle. Einen Helm in der Hand.

Frieda winkte ihn zu sich.

»Oberkommissar Tilman Koch. Ich bin der Einsatzleiter.«

Frieda stellte erst sich selbst und dann den Oberstaatsanwalt vor.

»Dann haben Sie uns also angefordert, Frau Kommissarin?«, wandte Koch sich an Frieda.

»So ist es«, bestätigte sie. »Ich leite die SOKO.«

Wesseling sagte nichts. Er hatte nichts zu leiten. Ließ er sich gerade das Heft aus der Hand nehmen?

»Wir haben die fragliche Person festgesetzt«, berichtete Koch. »Ulrich Thommes. Er hat keinen Widerstand geleistet.«

»Wo ist der Mann jetzt?«, fragte Frieda. Wieso erwähnte er Sonja nicht?

Koch trat an den Einsatzwagen und zerrte die Schiebetür auf. »Bitte sehr.«

Wesseling und Frieda warfen einen kurzen Blick auf den Mann, der Handschellen trug und von zwei Einsatzkräften bewacht wurde. Ein weiterer Polizist saß hinterm Steuer und neben ihm ein Kollege. Im Halbdunkel des Wagens war Thommes' Gesicht kaum zu erkennen. Der Verband, der von seiner rechten Hand bis zum Ellenbogen reichte, war von einem strahlenden Weiß.

»Wo sind die beiden Kinder?«, fragte Frieda ihn.

»Ich will meinen Anwalt sprechen«, knurrte Thommes.

»Das können Sie, sobald Sie uns gesagt haben, wo wir sie finden.«

Thommes lachte auf. »Da können Sie lange warten.«

Frieda donnerte die Autotür zu und schlug wütend mit der Faust gegen die Scheibe. »Haben Sie ihn über seine Rechte aufgeklärt?«

»Ja«, sagte Koch.

»Wir brauchen seine DNA.«

»Wird erledigt. Wir haben jeden Winkel durchsucht. Wir haben die Kinder nicht gefunden. Aber sie müssen hier gewesen sein. In einem Nebenraum im Stall gibt es eine Matratze und noch einiges mehr. Das Tor war nicht abgesperrt. Darf ich Ihnen das Zimmer zeigen? Es ist eine Attraktion.«

»Später.«

»Die Kriminaltechniker haben dort zwei Weingläser, eine Weinflasche, eine CD und ein Kinderbuch sichergestellt, ansonsten habe ich angeordnet, das Zimmer nicht anzurühren.«

»Weiter«, drängte Frieda. »Was ist mit dem Wohnhaus?«

»Die Haustür war abgeschlossen. Wir mussten sie eintreten. Der Glasausschnitt ist von außen mit einem Brett zugenagelt worden. In der Scheibe ist ein faustgroßes Loch«, berichtete Koch. »Im Wohnzimmer hatte der Mann sein Büro eingerichtet. Die Techniker haben seinen Rechner und seine Akten sichergestellt, auch die Kamera, die dort auf einem Stativ stand. Außer einem alten Jagdgewehr, das allerdings nicht in einem Waffenschrank aufbewahrt wurde, keine Waffen. Munition Fehlanzeige. Aber überall Kartons, Kartons, Kartons, in denen Original Elektroartikel verpackt waren. Im Badezimmer haben die Techniker eine zweite Zahnbürste sichergestellt und in einem Fach seines Schrankes in seinem Schlafzimmer ein Kleid, das einem dreizehnjährigen Mädchen passen könnte.«

»Und wo befindet sich Hauptkommissarin Sonja Senger jetzt?«, fragte Frieda so beiläufig wie möglich. Sie konnte nicht länger warten. Sie spürte Wesselings stechenden Blick und nahm aus den Augenwinkeln wahr, dass seine Kinnlade herunterfiel. Aber er sagte nichts.

»Wir haben sie nach Hause gehen lassen. Sie war übermüdet«, erklärte Koch. »Thommes hat sie in sein Gäste-WC gesperrt. Aber nur die letzte viertel Stunde lang. Ich glaube, wir müssen ihr alle sehr dankbar sein. Sie hat dafür gesorgt, dass der Mann keine Spuren vernichten und untertauchen konnte. Das hätte auch schiefgehen können. Sie war ganz allein und nicht bewaffnet und sie hat …«

»Wann sind Sie hier eingetroffen?«, unterbrach Wesseling ihn.

Koch stand stramm. »17.36 Uhr.«

»Und um welche Uhrzeit sind Sie nach Urft gefahren?«, herrschte er Frieda an.

War das ein Verhör? »14 Uhr 30,« zischte sie.

Wesseling schnaubte, fuhr sich über seinen Mittelscheitel und versuchte nicht zu explodieren. »Oberkommissar Koch, Sie wollen uns also sagen, dass Frau Senger diesen Thommes geschlagene drei Stunden lang nur zugetextet hat?«

»Drei Stunden und sechs Minuten, um genau zu sein«, fauchte Frieda.

Koch grinste und geriet ins Schwärmen. »So muss es wohl gewesen sein. Erstaunlich, nicht wahr? Das finde ich eine großartige Leistung der Hauptkommissarin, wenn man bedenkt, in welcher Gefahr sie sich befunden hat.«

»Sind Sie mit Ihrem Plädoyer jetzt fertig?« Wesseling warf die Arme in die Luft und marschierte auf den Stall zu.

»Wo er recht hat, hat er recht«, rief Frieda hinter ihm her. Es war doch alles super gelaufen. Ihr war bei Kochs Worten ein Stein vom Herzen gefallen. Warum regte Wesseling sich nur so auf? Das war nicht gut für seinen Blutdruck.

»Ach, da kommt die KTU«, rief Koch, als zwei Kollegen in weißen Papieranzügen erschöpft auf den Hof kamen. Einer trug einen Spaten, der andere hielt mehrere Plastikbeutel und eine zusammengedrückte Abdeckplane in seinen Händen.

Wesseling hielt inne und machte kehrt. »Was ist?«

»Mein Name ist Horst Gebert, und das ist mein Kollege Hans Wilhelm. Wir suchen morgen weiter. Wir warten, bis Sie alles besichtigt haben, dann sperren wir den Tatort ab und machen für heute Schluss.«

»Danke«, sagte Frieda. »Sie können das Haus dicht machen, wir wollen uns nur noch kurz den Stall ansehen. Es wird nicht lange dauern.«

Was sich ihnen beim Betreten des Stalles bot, war ein gut sortiertes Warenlager in einem Heer von durcheinandergefallenen Strohballen. Elektroartikel aller Art, vom Staubsauger bis zum Smartphone. Ein kleiner Saturn oder Media Markt in einem Eifeler Stall. Nur für besondere Kunden. Nach Absprache.

»100.000 Euro«, schätzte Wesseling.

»Import-Export«, sagte Frieda leise. »Das hat er gesagt, als wir ihn gefragt haben, womit er sein Geld verdient.«

»Sie hätten nur einen einzigen Strohballen wegziehen müssen und dann hätten Sie die Bescherung gesehen.«

»Das hätten wir tun können«, räumte sie ein. »Wenn wir gewusst hätten, was wir jetzt wissen.«

»Import-Export!«, fluchte Wesseling. »Jeder Laie weiß, dass das nur ein anderer Name für Waren ist, die vom LKW gefallen sind.«

»Jeder«, wiederholte Frieda. »Aber wir waren wegen einer Zeugenbefragung hier. Mehr nicht.«

»Man muss die Augen nach allen Seiten offenhalten«, posaunte er.

»Jawohl, Herr Oberstaatsanwalt.«

Ein Gang führte sie zu einem kleinen Nebenraum. Wesseling hob einen Fuß über die Schwelle und ließ seine Blicke schweifen. »Himmel, wie kitschig«, stöhnte er und ließ seine Blicke schweifen. »Das Zimmer sollte dem Mädchen die Gefangenschaft versüßen.«

»Die Hölle«, sagte Frieda fassungslos. »Der Traum eines Mannes, der sich vor Frauen fürchtet.«

Wesseling zog eine Augenbraue in die Höhe und musterte sie verwundert.

Eine Weile standen sie schweigend in Himmel und Hölle, dann wandte er sich ab und sagte. »Wir sehen uns Montag im Kommissariat.«

Sie nickte.

»Wie kommen Sie nach Hause?«

»Kein Problem. Ich schaffe es allein.«

Ihr Auto hatte sie an der *Kermeterschänke* stehen lassen, als sie zusammen mit Sonja zu Fuß zu Frau Heckel aufgebrochen war.

»Wie Sie wollen«, näselte er.

Genau, dachte Frieda, wie ich will, und sie sah ihm nach, wie er den Stall verließ. Kein weiterer Kommentar zu Sonja Senger war über seine Lippen gekommen.

Frieda blieb allein zurück in diesem Kinderzimmer der besonderen Art auf der Suche nach einem Hoffnungsschimmer in der rosa Hölle. Ihr Blick blieb an den Metallringen hängen, die in die Wand eingelassen waren und an denen Ketten baumelten.

Ein längliches Fenster stand offen. Es war von außen mit Brettern zugenagelt. Spärlich fiel das Licht eines Sommerabends durch die Ritzen herein. Staubflusen wirbelten umher. Wenn Thommes gehört hatte, wie Frieda und Sonja seinen Namen gerufen hatten, musste es Vesna auch gehört haben.

Wo war sie jetzt? Hatte sie fliehen können, während Sonja Thommes beschäftigt hatte?

19. Kapitel

Rufe und Hupen hatten Vesnas Flug aus dem Fenster des weißen Zauberschlosses mit einem Schlag ein Ende bereitet, sie zurück in den Stall geworfen neben den Mann an ihrer Seite.

»Herr Thommes! Hallo! Sind Sie da?«

Er war hinausgetorkelt, während sie den Stimmen und Geräuschen gelauscht und abgewartet hatte, dass sie leiser wurden und schließlich verstummten, ehe sie in ihr Nachthemd schlüpfte und auf Zehenspitzen zur Zwischentür lief. Sie war nicht abgeschlossen. Sie schlich den Gang entlang, auch das große Tor ließ sich aufschieben. Sie spähte durch einen Spalt hinaus und sah zwei unbekannte Frauen miteinander sprechen.

Erst nachdem das Auto weggefahren war, wagte Vesna einen zweiten Blick hinaus. Licht brannte hinter den Fenstern im Erdgeschoss. Wann würde der Mann wieder herauskommen und weitermachen, da, wo er aufgehört hatte? Mit der Hand in ihrem Schoß? Jede Sekunde konnte die Haustür aufgehen.

Sie raffte Baba, die Puppe, an sich, ihr Kleid und ihre Sandalen und zwängte sich durch das Tor. Ein mageres Mädchen mit schwarzen, langen Haaren und einem rosa Nachthemd, das über den Hof irrte, ehe es einen Weg fand, der sie in den Wald führte. Ihre Knie waren weich wie bei einem neugeborenen Pferd. Im Schatten der Bäume zog sie das Kleid über das Nachthemd und die Sandalen an die nackten Füße, die nass und kalt vom feuchten Boden geworden waren. Sie lief so lange sie konnte und ohne zu wissen, wohin. Als ihre Kraft nachließ, kauerte sie sich ins Unterholz und presste Baba an sich. Ihre Finger vergruben sich in Babas blonder Lockenpracht, und sie bemerkte nicht, wie sie ihr das silberne Krönchen herunterrissen. Strähne für Strähne fiel in ihre Hände und wehte wie Spinnweben davon.

Das rosa Puppengesicht zerkratzen, das rosa Kleid zerreißen, die Beine und Füße verdrehen, Vesnas Hände konnten erst damit aufhören, als in der Dämmerung zwei gelbe Punkte aufleuchteten und sie anfunkelten. Sie irrlichterten umher, wurden größer und richteten sich schließlich starr auf sie. Lautlos schlich eine kleine, dunkle Gestalt heran, zu klein für einen Wolf, zu klein für einen Fuchs. Vesna rührte sich nicht, aber Baba begann in ihr zu summen.

Das Tier stellte die Ohren auf, verharrte kurz und setzte dann vorsichtig eine Pfote vor die andere. Leise knickten Zweige. Laut warnte ein Vogel. Als seine Nase Vesnas Füße berührten, erkannte sie, dass es eine Katze war. Eine kleine, dicke Katze mit gelben Augen. Vesna lockte sie mit einem Schnalzen zu sich, streckte eine Hand aus und ließ sie daran schnuppern.

»Mackica, komm!«

Die Katze rieb ihren Kopf an Vesnas Fingern, ließ sich von ihr kraulen, tapste über Vesnas Bauch und rollte sich in ihrem Schoß zusammen, eng an Baba, die zerrupfte Puppe, und begann zu schnurren. Vesna lehnte sich zurück und drückte ihren Kopf an einen weichen, moosbewachsenen Stamm. Sie blinzelte in den verhangenen Himmel zwischen den Baumwipfeln, die sanft hin und her schaukelten

Sie schrak auf, als die Katze von ihrem Bauch sprang. »Mackica! Bleib doch!«

Die Katze schien es eilig zu haben. Es war dunkel geworden, der Himmel von den Bäumen kaum zu unterscheiden. Vesna rappelte sich auf und stolperte, noch im Halbschlaf, der Katze hinterher. Sie stromerte nicht herum, zielstrebig lief sie zum Waldrand.

Wiesen und Zäune, Wege und Büsche und ein kleines Dorf, in dem Lichter brannten. Musik lag in der Luft.

Die Katze zog querfeldein. Und Vesna konnte nicht anders, sie folgte ihr aus dem Schutz des Waldes heraus auf ein Haus am Ende des Weges zu. Die Musik wurde lauter. Kein Konzert aus dem Radio, es war live, unbeholfen, nicht immer im Takt und mit der einen oder anderen falschen Note spielte jemand Cello. Aber Vesna erkannte die Melodie. Es war ein Lied der Beatles.

Yesterday, all my troubles seem so far away …

Es war ein kleines, stilles, einsam gelegenes Haus mit einer Fensterreihe im Erdgeschoss, hinter der Licht brannte, und einem Dachfenster. Ein Gartenzaun umschloss einen verwilderten Garten. Zwei Autos parkten davor. Vesna verlor die Katze aus den Augen, als sie sich unter dem Zaun hindurchzwängte, drei ausgetretene Stufen hinauflief und sich durch den Spalt der Haustür schob. Im Inneren des Hauses war niemand zu sehen.

Vesna blieb zögernd stehen und blickte sich um. Nicht weit entfernt stand ein Bauwagen. Leises Hühnergackern kam von dort. Ein dunkles Wäldchen ragte dahinter auf. Wo lag das Haus des Mannes? Sie hatte die Orientierung verloren. Hatte er schon entdeckt, dass sie geflohen war? Suchte er nach ihr?

Die Musik verstummte. Leise Stimmen. Vesna duckte sich hinter eines der Autos, spähte durch die Seitenscheibe und sah zwei Frauen nebeneinander auf einer Bank sitzen, vor ihnen ein gedeckter Tisch, auf dem eine Kerze brannte. Es waren die gleichen Frauen, die im Hof des Mannes gestanden hatten. Ein Cello lehnte an der Wand.

20. Kapitel

Von Thommes' Hof auf der Bertholdstraße waren es nur ein paar Minuten zu Fuß zur *Kermeterschänke,* wo ihr Auto stand. Aber Frieda ließ sich Zeit und schlenderte und sortierte ihre Gedanken. Bevor sie einstieg, liebäugelte sie kurz damit einzukehren, um sich an der Theke auf die Schnelle einen Eifelbrand zu gönnen – oder auch zwei. Sie stand schon auf der Türschwelle, als sie umkehrte. Sie fürchtete nicht die Promillegrenze, sondern die Fragen, auf die sie keine Antwort geben konnte.

Sie fand Sonja Senger auf der Ofenbank vor dem Forsthaus. Sie war in ein Buch vertieft. Der runde Gartentisch war für zwei Personen gedeckt; Brot, Salat, Rotwein. Ein friedlicher Anblick, aber Frieda spürte Wut in sich aufsteigen.

Sie baute sich vor Sonja auf. »Hast du deine Mailbox abgehört?«, fauchte sie und stemmte die Hände in die Hüften.

Sonja schlug ihr Buch zu und blickte lächelnd zu ihr auf. »Guten Abend, liebe Frieda, schön dich zu sehen.

Ich habe einen leckeren Salat gemacht und auf dich gewartet.«

Sonjas Salate wurden immer besser. Sie schien zu experimentieren. Mal gab sie Apfelstücke hinzu, mal Nüsse, mal getrocknete Feigen, mal Käse. Neuerdings garnierte sie den Salat sogar mit bunten Blüten, die man angeblich essen konnte.

Frieda war mit Sonjas Kochkünsten in diesem Augenblick nicht zu erweichen. »Hast du dein Handy überhaupt mitgehabt?«

»Aber sicher«, sagte Sonja, griff zum Salatbesteck. »Gab es was Wichtiges?«

»Allerdings.«

»Ist es immer noch wichtig?«

Frieda gab auf.

»Nein? Dann setz dich zu mir.« Sonja hob eine große Portion aus der Schüssel und schichtete sie auf einen Teller. »Guten Appetit.«

Nach einer Weile schilderte Frieda in epischer Breite die Ereignisse auf dem Campingplatz und auf Thommes' Hof. Schwer zu sagen, was die beiden Frauen mehr entsetzte. Es war eine grauenhafte Ansammlung von Abscheulichkeiten. Dunkelheit senkte sich über das Forsthaus.

»Eines ist uns allen schleierhaft. Wie hast du es geschafft, Thommes drei Stunden lang zu beschäftigen?«, wollte Frieda wissen.

Sonja lächelte geheimnisvoll.

»Besonders deinem Freund Bernd Wesseling.«

Sonjas Mundwinkel sanken herab. »Hatte er wieder seine rote Kladde dabei?«

Die rote Kladde war – neben seinem akkuraten Mittelscheitel, seinem Herrenduft, seiner Pollenallergie – eines seiner Markenzeichen.

»Ach, ich glaube, ich schaffe mir doch so ein Smartphone an.«

»Lenk nicht ab«, sagte Frieda.

»Ich weiß nämlich jetzt, wie sie funktionieren. Thommes hat es mir erklärt, haarklein, von A bis Z. Er hat echt Ahnung. Und ich jetzt auch, glaube ich jedenfalls.«

»Nicht dein Ernst.«

»Er hat versucht, mir eines zum Sonderpreis anzudrehen.«

»Du hast doch nicht …?«

»N e i n«, sagte Sonja gedehnt und führte ihr Glas zum Mund.

Gab es da einen Zwischenton? Frieda könnte wetten, dass Sonja niemals in eines dieser Handy-Geschäfte gehen würde. Sie würde bis ans Ende ihres Lebens mit ihrem alten Knochen telefonieren, es sei denn …

»Was macht der Zoll eigentlich mit der beschlagnahmten Ware von Thommes' Hof?«, fragte Frieda, obwohl sie das Prozedere kannte.

»Wenn sie gestohlen sind, gehen sie zurück an die Besitzer. Wenn die nicht auszumachen sind, gehen sie ins Lager.«

»Und wenn es Plagiate sind, werden sie vernichtet«, ergänzte Frieda.

»So ist es.«

»Schade eigentlich.«

»Ja, schade«, sagte Sonja.

»Ich würde auch mit einem Plagiat telefonieren.« Frieda musterte Sonja.

Sonja verwischte seelenruhig mit dem Daumen die Spuren, die ihre Lippen am Weinglas hinterlassen hatten.

Ein Scheppern im Haus.

»West ist zurück«, sagte Sonja sichtbar erleichtert. »Er wirft seinen leeren Futternapf durch die Gegend.« Sie stand auf. »Spielst du uns noch was?«

»*Yesterday* oder *Hey Jude*?«

»In der Reihenfolge.«

Friedas *Yesterday* klang herzzerreißend.

»Wir sollten schlafen gehen«, sagte Sonja, als sie wieder aus dem Haus kam, und klopfte Frieda auf die Schulter. »Beine hoch und Ruhe im Forsthaus.

Frieda nahm den Bogen von den Saiten. »Schlafen? Wozu? Es ist noch nicht einmal dunkel.«

»Darauf kannst im Juni lange warten.« Sonja räumte das Geschirr vom Tisch.

»Ich warte.«

Frieda blieb allein zurück und fragte sich zum hundertsten Mal, ob sie alles getan hatte, was sie konnte. Die Fahndung nach Vesna lief auf Hochtouren. Ihr Foto war für die Presse freigegeben worden. Das Foto von Mario hatte Neugebauer an die Rechtsmedizin geschickt und von dort die prompte Bestätigung erhalten, dass es sich bei ihm um die Leiche des jungen Mannes handelte, der am Feuerwachturm gefunden worden war.

Der Tatort war gesichert. Ulrich Thommes war in Haft und verweigerte die Aussage. Die vier Totschläger vom Campingplatz waren ebenfalls in Haft. Der fünfte Mann war noch auf freiem Fuß. Dario Horvat kämpfte im Krankenhaus um sein Leben. Und ihr Vater?

Erst als es dunkel war, ging sie ins Haus, schloss die Tür und schob den Riegel vor, blickte lange durchs Wohnzimmerfenster in die sternenklare Finsternis, ehe sie es sich auf der Récamiere bequem machte.

SONNTAG

21. Kapitel

Kommissarin Frieda Stein entdeckte das Mädchen am nächsten Morgen auf der Ofenbank und erkannte sie sofort. Die schulterlangen, schwarzen Haare zerwühlt, das rosa Sommerkleid beschmutzt und zerknittert. Sie lag auf der Seite, hatte die nackten Beine angezogen, und in der runden Kuhle ihres Bauches lag West, zusammengerollt wie eine Schnecke.

Auf Zehenspitzen flog Frieda ins Dachgeschoss und weckte Sonja. »Sie ist hier.«

Eine Weile bestaunten die beiden Frauen die märchengleiche Idylle auf der Ofenbank, lächelten sich erleichtert zu und beschlossen ohne Worte, Vesna und den Kater nicht zu stören. Das Frühstück sollte deshalb nicht draußen – wie um diese Jahreszeit üblich – sondern in der Wohnküche stattfinden.

West hob den Kopf, als er hörte, wie Sonja eine Dose Katzenfutter öffnete, ließ sich von der Ofenbank fallen und bahnte sich seinen Weg durch die Katzenklappe in der Haustür, die Frieda aufs Sonjas Bitte für ihn montiert hatte. Er schaffte es auf seine alten Tage nicht mehr, auf eine Fensterbank zu springen und sich bemerkbar zu machen.

Vom Esstisch aus behielten Frieda und Sonja die Ofenbank im Auge und mussten dennoch einen Moment abgelenkt gewesen sein, denn plötzlich war Vesna aufgestanden.

Sie war mager. Ihr rosafarbenes Trägerkleid war eng und kurz und klebte an ihren Oberschenkeln. Darunter schien sie ein zweites Kleid zu tragen, dessen Saum hervorblitzte. Das kleine Gesicht, das unter einem Berg von schwarzen Haaren hervorsah, wirkte versteinert, die Augen ohne Blick, der Mund verzerrt. Sie ähnelte dem Foto, das Frieda von ihr gesehen hatte, nur noch entfernt. In einer Hand hielt sie eine Puppe, nur an einem Bein, kopfüber. Sie stand da wie eine kleine Statue aus einer anderen Zeit, aus einer anderen Welt.

Frieda erhob sich langsam und trat ans Fenster. Sie lächelte Vesna zu und winkte sie mit einer kleinen, vorsichtigen Handbewegung herein.

Keine Reaktion.

Frieda wies mit dem Finger Richtung Haustür, die Sonja im gleichen Augenblick mit einem Knarren aufzog.

Keine Reaktion.

Dann setzten beide Frauen ihr Frühstück fort, als stände dort draußen nicht ein Mädchen, das durch die Hölle gegangen war.

»Sie wird bestimmt gleich hereinkommen«, sagte Sonja leise.

»Ja, das wird sie«, sagte Frieda mehr zu sich selbst.

»Kannst du kroatisch?«

Frieda schüttelte den Kopf. »Nicht nötig. Die Kinder der Familie sprechen sehr gut deutsch.«

West hatte seinen Napf blank geputzt und leckte sich die Pfoten. Sonja hob ihn auf den Esstisch, sodass Vesna ihn sehen konnte. Er war mit sich selbst beschäftigt und hatte das Mädchen längst vergessen, aber Vesna fixierte ihn.

»Da kann er sich auf seine alten Tage mal nützlich machen«, kommentierte Frieda.

»Du tust ihm unrecht. Ich denke, er hat dir das Leben gerettet, als hier auf dich geschossen wurde.«

Frieda lächelte. »Ja, das hat er. Aber jetzt soll er uns das Mädchen hereinlocken. Und was macht er? Nix.« Sie seufzte ungeduldig und führte ein halbes, aufgebackenes Brötchen zum Mund und wollte hineinbeißen, als sie bemerkte, wie Vesnas Blick vom Kater zum Brötchen wanderte. Sie leckte sich über die Lippen. Frieda streckte ihr das Brötchen in der offenen Hand entgegen. Es war mit einer dicken Scheibe Käse belegt, die an allen Seiten überhing.

»Vielleicht hat sie die Haustür nicht gesehen?«, fragte Sonja.

»Sie hat sie gesehen.«

Als hätte sie die Worte gehört, wandte sich Vesna vom Fenster ab und verschwand aus dem Blickfeld.

»Und wenn sie jetzt wieder abhaut?«, fragte Sonja bang.

Gebannt horchten sie auf Vesnas Schritte, die bald im Flur zu hören waren.

»Hier sind wir«, rief Frieda zur Orientierung.

Und endlich stand Vesna in der Wohnküche.

Sonja zog ein Stuhl hervor. »Setz dich.«

Vesna trat an den ovalen Tisch, ganz dicht an die Tischkante, aber so weit wie möglich von den beiden Frauen entfernt, und legte ihre Puppe ab. Eine Puppe mit schütterem, blondem Haar, zerkratztem Pausbacken-Gesicht, einem zerrissenen, rosafarbenen Kleidchen und ausgekugelten Beinen.

Frieda legte das Brötchen vor Vesna hin, wie man es bei einem wilden Tier tut, dem man sich nicht nähern darf.

Vesna zögerte. West wollte sich schon über das Brötchen hermachen, da schob sie ihn beiseite und griff zu.

Frieda und Sonja gratulierten sich zu diesem ersten Erfolg, indem sie sich unter dem Tisch auf die Füße traten. Sie waren auf dem richtigen Weg, schmierten Brötchen, gossen Milch ein, schälten Äpfel und stellten keine Fragen.

Die Prellungen und Blutergüsse auf Vesnas nackten Armen waren nicht zu übersehen. Einmal registriert, inspizierte Frieda unbemerkt Hals, Ohren, Kleiderausschnitt, als Vesna sich umwandte auch den Nacken.

»Ohren zugehalten«, stieß Vesna plötzlich mit vollem Mund hervor, schlug die Hände an die Ohren und schüttelte ihren Kopf. Ihre Haare flogen.

Sonja und Frieda nickten.

Vesna hielt inne. West kroch an den Tischrand und miaute. Er wollte hinuntergehoben werden. Sie tat ihm den Gefallen.

»Niko und Mario wollten mich finden.«

Sonja und Frieda sahen Vesna nicht an, hofften nur, dass sie weitersprechen würde.

Nach einer Weile zeigte Sonja auf die Puppe. »Du hast eine schöne Puppe«.

Sie erntete einen erneuten Fußtritt von Frieda dafür.

Vesna starrte kurz auf die Puppe. »Sie ist böse.« Sie schleuderte sie vom Tisch. In hohem Bogen flog die Puppe auf den Ohrensessel. Das rosa Kleidchen faltete sich auf und ihr puttenähnlicher Körper kam zum Vorschein. Vesna kaute weiter, als wäre nichts geschehen.

Frieda erinnerte sich daran, dass ihr Bruder Niko ihr erzählt hatte, dass Vesna Musik viel bedeutete. Vielleicht hatte sie sie mit *Yesterday* oder *Hey Jude* sogar ins Forsthaus gelockt, wenn es nicht West war, dem sie gefolgt war. Frieda schaltete das Radio an. Klassische Sonntagsmusik.

Durch Vesna ging ein Ruck. Und dann explodierte sie, hämmerte plötzlich mit den Fäusten auf die Tischplatte, in einem wilden Takt, Gläser, Tassen, Teller, Messer, Löffel sprangen herum.

Frieda drehte die Musik ab.

Vesnas Trommeln erstarb. Sie ließ zu, dass Frieda sie auf den Stuhl drückte. Sie legte die Hände in den Schoß, eine Hand über die andere. Ihr Kopf sank auf die Brust. Ihre Haare fielen ihr ins Gesicht.

»Tut dir etwas weh?«

Vesnas magere Schultern zuckten ratlos.

Frieda ging auf und ab und wechselte fragende Blicke mit Sonja. Lautlos formte Sonja das Wort Krankenhaus. Wie wichtig es war, Spuren an einem verletzten Körper frühzeitig zu sichern, musste sie Frieda nicht sagen.

Aber die anonyme Atmosphäre in einem Krankenhaus wollte Frieda dem Mädchen unbedingt ersparen. Auch die Bonner Rechtsmedizin kam für sie nicht infrage, weil es dort ähnlich zuging.

Aber dann nickte sie Sonja zu, verließ die Wohnküche und telefonierte vom Dachgeschoss aus, wo sie ein gutes Mobilfunknetz erwartete. Sie hatte von einer Frauenärztin, zu der sie nicht nur einen guten dienstlichen, sondern auch persönlichen Kontakt entwickelt hatte, für einen Notfall die Mobilfunknummer bekommen. Sie war dankbar, dass Frau Dr. Knechtsteden das Gespräch an einem Sonntag annahm. Frieda erklärte ihr die Situation, und ohne zu zögern war die Ärztin bereit, sie und Vesna in ihrer Praxis in Euskirchen zu empfangen.

»Ich fahre mit dir zu einem Arzt«, sagte Frieda mit fester Stimme, als sie zurückkehrte. Sie war auf Widerstand vorbereitet, der nicht geleistet wurde. Vielleicht hatte Vesna sie nicht verstanden?

»Möchtest du deine Puppe mitnehmen?«, fragte Frieda.

»Nein!«, sagte Vesna. Sie schrie es fast hinaus.

Sie folgte Frieda ins Auto und ließ sich auf den Rücksitz schieben. Sie schnallte sich an und starrte blicklos durch die Windschutzscheibe. Sie wirkte selbst wie eine Puppe. Eine verletzte Puppe.

Die Praxis glich einer schick eingerichteten Wohnung. Blumen und Bilder und helle Möbel. Und niemand da, der Vesna neugierige Blicke zuwerfen konnte. Frieda blieb im Wartezimmer und blätterte durch Frauenzeitschriften, ohne etwas wahrzunehmen. Nach der Untersuchung wartete Vesna im Behandlungsraum, während Dr. Knechtsteden zu Frieda herauskam.

»Es ist zum Glück nicht zu einem Geschlechtsverkehr gekommen, aber Vesna ist schwer traumatisiert.«

Friedas Anspannung ließ ein wenig nach. »Und die Prellungen und Kratzspuren?«

Dr. Knechtsteden nickte frustriert. »Es hat auf jeden Fall sexuelle Übergriffe gegeben, denn ich habe auch Blutergüsse an den Oberschenkeln und dem Rücken des Mädchens entdecken müssen. Ich habe Haare, Hautpartikel und Spermaspuren sichern können. Ich habe ihr auch Blut und Urin entnommen, um zu sehen, ob ihr etwas eingeflößt wurde. Sie sagen, Sie haben den Täter bereits festgesetzt?«

Frieda nickte.

»Da wird es ein Leichtes sein, ihm seine Tat nachzuweisen. Gut, dass Sie sofort gekommen sind. Ich habe dem Mädchen eine Spritze gegeben. Das Medikament wird eine Weile vorhalten.«

»Danke. Schicken Sie alles wie immer an die Bonner Rechtsmedizin?«, bat Frieda.

»Selbstverständlich. Ich werde gleich den Befund schreiben. Das Mädchen muss Anzeige erstatten«, mahnte Dr. Knechtsteden

»Ich kümmere mich darum.«

»Was geschieht jetzt mit ihr?«

»Ich bringe sie nach Hause.«

»Das ist gut, aber machen Sie die Eltern darauf aufmerksam, dass ihre Tochter Hilfe braucht, um das zu verarbeiten, was ihr widerfahren ist.« Sie drückte Frieda zwei Broschüren in die Hand. »Hier sind Notfallnummern von psychologischen Betreuern. Wir haben sie nicht in kroatischer Sprache, leider.«

Vesna fiel nicht auf, dass Kommissarin Frieda Stein nicht den gleichen Weg zurückfuhr, sondern auf die A 1 Richtung Trier auffuhr, nach einer Viertelstunde die Ausfahrt Nettersheim nahm und auf der L 206 den Ort Urft erreichte. Sie saß stumm und unbeteiligt auf dem Rücksitz. Auch als Frieda über die Brücke fuhr und in die Bendenstraße zum Wehr, zeigte sie keine Reaktion. Selbst die Schranke des Campingplatzes schien keine Erinnerungen in ihr zu wecken.

Frieda winkte den Platzwart, Egon Fischer, zu sich und bat ihn, Vesnas Mutter zu holen.

Nicht lange und Marija Horvat stürzte mit fliegendem Rock herbei, bückte sich, um durch die Autoscheiben etwas erkennen zu können, trommelte gegen die Scheiben und rief nach ihrer Tochter. Als sie sie auf dem Rücksitz entdeckte, riss sie die Tür auf und warf sich neben sie. Vesna ließ zu, dass ihre Mutter sie an sich zog, umarmte, streichelte, küsste und tränenreich mit Koseworten überschüttete.

Frieda sah im Rückspiegel, dass Vesna keine Miene verzog, sondern alles aufrecht, steif, und unbeteiligt über sich ergehen ließ. Marija schien das nicht zu irritieren, in ihrem Glück, ihre Tochter wiederzuhaben, bemerkte sie es nicht.

Als es ruhiger auf der Rückbank geworden und nur noch ein Schluchzen zu hören war, überlegte Frieda, wie sie Marija in einfachen Worten erklären konnte, dass ihre Tochter Anzeige erstatten müsse. Auch Niko sollte das tun. Die Broschüren mit den Notfallnummern, die Frau Dr. Knechtsteden ihr ans Herz gelegt hatte, würden der Mutter ein Rätsel sein. Aber Niko würde sie verstehen. Sie reichte die Broschüren zur Rückbank hinüber.

»Geben Sie die Niko.«

»Danke.«

»Wie geht es ihm?«

»Gut«, sagte Marija und legte eine Hand auf Friedas Schulter. »Danke.«

»Ich komme morgen wieder.« Frieda zog ihre Karte aus der Jackentasche. »Sie können mich anrufen. Jederzeit. Bitte.«

Marija studierte die Karte. »Danke ... Frau Stein. Komm, meine Kleine.« Sie zog Vesna mit sich hinaus. Ihre Tochter fest an der Hand, als wollte sie sie nie wieder loslassen, bückte sie sich noch einmal und flüsterte durch das offene Seitenfenster: »Mein Mann ist gestern im Krankenhaus gestorben.«

»Das tut mir leid«, murmelte Frieda betroffen.

Marija zuckte mit den Schultern. Ihre Trauer schien sich in Grenzen zu halten. Ein weiterer Schicksalsschlag, den sie hinzunehmen schien. »Wir gehen zurück, zurück nach Zagreb. Alle.«

Dieses letzte Wort, Zagreb, fast unhörbar, erreichte Vesna. Es war, als ginge ein Licht in ihren Augen an. »Baba?«

Marija legte die Hand auf ihren Scheitel. »Ja, meine Kleine, wir gehen nach Hause zu Baba.«

Der Moment war vorbei und Vesnas Augen wieder dunkel.

Frieda sah Mutter und Tochter nach. Hatte sie alles richtig gemacht? Den richtigen Umgangston mit Vesna gefunden? Hatte sie das Mädchen ohne Einverständnis der Eltern zu einer gynäkologischen Untersuchung bringen dürfen?

Was würden Brummer und Neugebauer sagen, wenn sie sie informierte, dass Vesna wieder aufgetaucht war und Frieda sie erst zu einer ärztlichen Untersuchung und dann wieder nach Hause gebracht hatte? Vermutlich hätten sie alles besser und richtiger gemacht. Sie würden ihr einen Alleingang vorwerfen, das wäre das Mindeste. Auf eine Diskussion wie diese konnte Frieda im Augenblick verzichten. Sie hatte keinen Nerv dazu, Erklärungen abzugeben und sich zu rechtfertigen.

Vesna drehte sich um. Nur eine Sekunde lang begegneten sich ihre Blicke. Ja, ja, ja, dachte Frieda erleichtert, sie hatte alles richtig gemacht. Und sie hatte keine Wahl gehabt.

Sie entschied, dass es früh genug sei, wenn die Kollegen morgen bei Dienstantritt erfuhren, dass Vesna nicht länger als vermisst galt.

Bevor Frieda wendete und den Weg nach Hause antrat, rief sie Dr. Hallsdorf an, der ihren Vater in der Kölner Uniklinik betreute. Er hatte keinen Dienst an diesem Wochenende. Und der Bereitschaftsarzt weigerte sich, ihr eine Auskunft zu geben, und bat sie, es am nächsten Morgen noch einmal zu versuchen.

MONTAG

22. Kapitel

Im Büro der Mordkommission der Polizeibehörde Euskirchen hatte sich am Montagmorgen eine große Runde eingefunden: Oberstaatsanwalt Bernd Wesseling saß neben HK Hans Roggenmeier, dem Leiter der Mordkommission, der seinen Schwiegerelternbesuch beendet hatte und davon erschöpft schien. Die Hauptkommissare Brummer und Neugebauer hockten hinter ihren Schreibtischen und versteckten sich hinter Monitoren.

Die Berichte der Kriminaltechnik vom Brandort und von Thommes' Hof sowie der Obduktionsbericht der Leiche vom Feuerwachturm lagen den Anwesenden vor.

Der Bericht von Dr. Knechtsteden zu Vesna Horvat stand noch aus. Erst am Vortag hatten sie die Proben nach Bonn schicken können, damit sie mit den Beweisstücken, die die Kriminaltechniker sichergestellt hatten, abgeglichen werden konnten. Auch DNA-Abgleiche brauchten ihre Zeit.

Offen war auch noch das Geheimnis um den verkohlten Balken. Wie nicht anders zu erwarten, hatten die Initialen M & F zu keiner Spur geführt. Auch der 13. Juni

2012 war in keiner Datenbank auffällig geworden, einmal abgesehen vom Sieg Deutschlands über die Niederlande bei der EM.

Aber für den Mordfall war der Balken nur ein Nebenschauplatz, glaubte Frieda, eine Koinzidenz.

Noch vor Dienstbeginn hatte sie Professor Dr. Hallsdorf erreicht, nachdem sie eine Nacht lang von Vätern geträumt hatte. Mal war es Wesseling, mal Roggenmeier, die sich als ihre Väter ausgaben. Einer schrecklicher als der andere.

»Hat Ihre Frau Mutter Sie nicht informiert?«, fragte Hallsdorf verwundert und in seiner Stimme schien eine schreckliche Nachricht zu liegen.

»Nein, das hat sie nicht«, antwortete Frieda tonlos.

»Nun …«, er zögerte und Friedas Herz sank in die Knie, die unkontrolliert zu zittern begannen. »Das dürfen Sie nicht überinterpretieren. Vermutlich ist sie noch nicht dazu gekommen, weil …«

»Weil was?«, stieß Frieda hervor.

»Auf eigenen Wunsch und gegen meine ausdrückliche Empfehlung wurde Ihr Herr Vater gestern entlassen. Es würde mich nicht wundern, wenn er bald wieder hier wäre.«

Danach hatte Frieda einfach das Gespräch beendet. Keine Erleichterung, nur Wut. Würde das Theater denn nie aufhören? Sie war dankbar, dass ihr nun eine Aufgabe bevorstand, die ihr eine Weile keine Zeit ließ darüber nachzudenken, wie sie damit umgehen sollte.

Sie trat nervös von einem Bein aufs andere und eröffnete die Runde mit den Worten: »Danke, meine Herren, dass Sie gekommen sind.«

Prompt ließen Wesseling und Roggenmeier jeweils eine Hand hochschnellen, um sich zu Wort zu melden, aber Frieda ignorierte sie und fuhr fort: »Ich bitte um Geduld. Ich will Sie zunächst auf den neuesten Stand bringen, ehe wir die weiteren Punkte abhandeln. Ich habe Erfreuliches mitzuteilen: Die vermisste Vesna Horvat ist gestern Morgen in Wolfgarten aufgetaucht, es geht ihr den Umständen entsprechend gut, sie wurde inzwischen ärztlich untersucht und befindet sich wieder bei ihrer Familie. Ich werde sie heute Abend noch einmal aufsuchen und dafür sorgen, dass sie Anzeige erstattet und sich psychologische Hilfe holt.«

Wesseling nuschelte etwas Unverständliches.

»Warum ist sie nicht hier?«, beklagte sich Roggenmeier und zeigte mit dem Zeigefinger auf den Boden zu seinen Füßen.

»Ich möchte es ihr ersparen, hier in dieser Runde aussagen zu müssen. Ich finde, sie hat genug mitgemacht.«

Wieder nuschelte Wesseling vor sich hin.

»Ich habe Sie nicht verstanden, Herr Oberstaatsanwalt«, sagte Frieda genervt.

»Sozialarbeit.« Wesseling betrachtete die Spitze seines teuer aussehenden Schuhs. »Im Grund machen Sie hier doch nichts anderes als Sozialarbeit.«

Frieda traute ihren Ohren nicht. Was hatte er da gesagt? Sozialarbeit? Das Wort traf sie wie ein Schlag in den Nacken und krempelte ihre Gedankenwelt auf links. Wieso war es ihr nicht selbst aufgefallen? Weil die Arbeit einen anderen Namen hatte? Machte sie nicht genau die Arbeit, die sie immer hatte machen wollen, wie man sie auch bezeichnete? Wie konnte sie die letzten Jahre nur so blind gewesen sein?

Eine Initialzündung.

Hatte jemand den Funken der Erkenntnis bemerkt, der geflogen war? Strahlte sie nicht wie ein Fixstern?

Ein Blick in die Runde. Niemand schien ihre Veränderung bemerkt zu haben. Die Gesichter der Herren waren ernst und angestrengt wie immer.

»Vesnas Vater, Dario Horvat, ist leider gestern seinen schweren Verletzungen im Krankenhaus erlegen«, fuhr Frieda fort.

Betretenes Schweigen.

Brummer hob zögernd die Hand und Frieda gab ihm das Wort. »Und ihr Bruder, Mario Horvat, ist ebenfalls tot.« Ein Raunen ging durch die Reihen. »Wie Sie dem Obduktionsbericht entnehmen können, handelt es sich bei der Leiche, die am 17. Juni, also vier Tage nach dem Brand des Feuerwachturmes, am Brandort gefunden wurde, und der Person auf dem Foto des vermissten Sohnes der Familie Horvat um ein und dieselbe Person.«

»Da haben wir den Brandstifter!«, freute sich Roggenmeier – zu früh.

»Nein«, widersprach Frieda. »Mario Horvat ist erst nach der Brandnacht, gegen Mittag, zum ersten Mal auf Thommes' Hof erschienen, um seine Schwester zu suchen. Er wurde von Thommes verjagt, aber sein Vater hat ihn ein zweites Mal geschickt. Und zwar am Mittwoch, den 14. Juni. Das war sein Todesurteil. Es ist erwiesen, dass er mit dem Spaten, den wir auf Thommes' Hof sichergestellt haben, erschlagen wurde. Auch an einer Abdeckplane haben wir Blut gefunden. Der Mörder hat seine Leiche zum Brandort gebracht, um von sich selbst abzulenken. Es sollte so aussehen, als wäre Mario der Brandstifter oder zumindest ein Opfer des Brandes.«

»Und deswegen hat er sicherheitshalber dessen Finger angezündet?«, fragte Roggenmeier ungläubig.

»Davon müssen wir im Moment ausgehen.«

»Und der Feuerwachturm?«

»Spuren eines Brandbeschleunigers konnte die KTU nicht sicherstellen, nicht einmal ein Streichholz haben die Kollegen gefunden. Also haben wir es vermutlich mit einem technischen Defekt zu tun, dem der Turm zum Opfer gefallen ist.« Nach einer Pause sprach sie weiter: »Als Mario nicht zurückkam, ging sein Bruder Niko auf die Suche. Unfreiwillig im Übrigen. Sein Vater hat ihn gezwungen. Er wurde schwer verletzt, konnte sich aber zurück zu seiner Familie schleppen. Ihm haben wir die exakten Angaben zu verdanken.«

»Warum hat Thommes das Mädchen überhaupt festgehalten?«, rief Roggenmeier ratlos.

Frieda seufzte. »Sie war Zeugin seines illegalen Geschäfts geworden.«

»Ach ja«, meinte er und schlug sich gegen die Stirn. »Hochwertige Elektroartikel zum Spottpreis.«

»Genau. Laut Dr. Knechtsteden, einer Frauenärztin meines Vertrauens, wurde sie jedoch nicht vergewaltigt. Wir haben ihn wohl im letzten Moment daran gehindert.«

»Wir?«, wollte Roggenmeier wissen.

»Sonja Senger und …«

»Wie bitte?«, fuhr Roggenmeier dazwischen. »Was hat die denn damit zu tun?«

»Die Leiterin der SOKO FWT«, antwortete Wesseling an Friedas Stelle, »hat sie zum … wie sagten Sie noch gleich, Frau Stein?«

»Zum unverzichtbaren Teil der SOKO ernannt«, ergänzte Frieda tapfer.

»Wie kommen Sie denn dazu?«, entrüstete sich Roggenmeier.

»Sonja Senger hat nicht nur die Leiche am Brandort gefunden …«

»Sondern?«

»Sondern auch verhindert, dass Thommes Spuren vernichten und abtauchen konnte. Sie hat ihn abgelenkt, sodass Vesna fliehen konnte, und sie hat dem Mädchen obendrein einen ersten Zufluchtsort in ihrem Forsthaus gewährt«, fasste Frieda zusammen.

»Abgelenkt von Sonja Senger«, zischte Wesseling mit finsterer Miene.

»Das wird nicht ohne Folgen für sie bleiben«, stieß Roggenmeier hervor. »Müssen wir etwa davon ausgehen, dass sie Vesna Horvat in ihr Forsthaus mitgenommen hat?«

»Absolut nicht. Das war nämlich ihr Kater. Können wir jetzt weitermachen oder wollen Sie erst den Kater verhören?«, fragte Frieda und fuhr, ohne eine Antwort abzuwarten, sehr förmlich fort: »Es gibt viel zu tun. Wir haben zwei Fälle von Totschlag aufzuklären, die unerwarteterweise miteinander verknüpft sind, weil die beiden Toten einer Familie angehören. Mario und Dario Horvat. Beide Tatorte fallen in unseren Zuständigkeitsbereich. Und in beiden Fällen bin ich von Ihnen«, Frieda nickte Roggenmeier zu, »beauftragt worden, die Leitung zu übernehmen.«

Roggenmeier schaute stolz umher, als hätte er einen Zusammenhang von Anfang an geahnt. Er sonnte sich in seiner Hellsicht.

Frieda lächelte ihm aufmunternd zu. »Mit anderen Worten: Wir müssen Ulrich Thommes und die vier Männer vom Campingplatz verhören. Ich schlage vor, wir teilen uns auf.«

»Ich übernehme diese vier Chaoten.« Roggenmeier rieb sich die Hände. »Es wird mir eine Freude sein. Wie ich gehört habe, sind sie keine Unbekannten und sozusagen Stammgäste bei uns. Jetzt können wir sie uns endlich schnappen.«

So sehr Frieda seine Genugtuung nachvollziehen konnte, so sehr lag ihr Ulrich Thommes am Herzen, sie hätte ihn keinem Kollegen überlassen wollen. Dass Wesseling mit von der Partie sein könnte, würde sie notfalls in Kauf nehmen. Aber der Oberstaatsanwalt entschied sich anders, sodass Brummer und Neugebauer an Friedas Seite zum Verhör marschierten.

»Wie gehen wir vor, Chef?«, fragte Neugebauer.

»Wie immer«, antwortete Frieda.

»Nur, dass du dieses Mal der Chef bist«, knurrte Brummer.

Ulrich Thommes sah erstaunt auf, als die drei Kommissare den kahlen Raum betraten, der nur aus dunkelgrüner Farbe, einem Tisch und sechs Stühlen bestand. Der Polizist, der ihn bewachte, wurde entlassen. Sie nahmen

Thommes gegenüber Platz und legten ihre Akten vor sich auf den Tisch.

Thommes erkannte die Kommissarin, die ihn zusammen mit einer Kollegin auf seinem Hof aufgesucht hatte, und er lächelte sie an: »Kommt Ihre Kollegin mit ihrem neuen Smartphone klar?«

»Wie bitte?«, knurrte Brummer.

»Ach, hat sie Ihnen das nicht erzählt?«

»Was?«

»Ich habe ihr ein brandneues Smartphone verkauft. Zum Sonderpreis, versteht sich.«

Den drei Kommissaren fielen die Kinnladen herunter. Brummer und Neugebauer blickten Frieda an, als wäre es ihre Schuld, dass Sonja Senger mit einem Tatverdächtigen ein Geschäft gemacht hatte. Friedas Hals schnürte sich zu.

Thommes grinste wohlgefällig und lehnte sich zurück.

Frieda konnte ihre Gefühle kaum verbergen. Ihre Stimme klang verbissen, als sie das Verhör begann: »Sie sind Ulrich Thommes, geboren am 12. April 1977, wohnhaft in Wolfgarten, Bertholdstraße 7, von Beruf Geschäftsmann.«

»Richtig.« Thommes verschränkte die Arme hinter dem Kopf.

»Setzen Sie sich vernünftig hin«, blaffte Brummer ihn an.

»Ich wusste nicht, dass es hier eine Sitzordnung gibt«, grinste Thommes, ließ die Arme sinken und streckte seinen Rücken durch. »So recht?«

»Sie sind über Ihre Rechte aufgeklärt worden?«

Er nickte.

»Wo ist Ihr Anwalt?«

Er zuckte mit den Schultern.

»Glauben Sie, Sie brauchen keinen?«

Schulterzucken.

»Wie Sie wollen. Wir werfen Ihnen eine ganze Reihe von Gesetzesverstößen vor.« Frieda nahm ihre Finger zu Hilfe. »Schwarzhandel, Verkauf von Plagiaten, Freiheitsberaubung, Mord, Vertuschung eines Verbrechens, schwere Körperverletzung und nicht zuletzt sexuellen Missbrauch.«

»Geht's noch?«, fragte Thommes verächtlich.

»Wir haben Beweise, Indizien, Aussagen und Anzeigen vorliegen«, behauptete Brummer und klopfte auf die Papiere vor sich, die nicht halb so viel hergaben. »Auf Ihrem Hof haben wir Ihr Warenlager gefunden, das Zimmer, in dem Sie das Mädchen gefangen hielten und missbrauchten, den Spaten, mit dem Sie Mario Horvat erschlagen haben, und die Abdeckplane.«

»Was für eine Abdeckplane?«, fragte Thommes irritiert.

Brummer ignorierte seine Frage. »Die DNA-Abgleiche sind übereinstimmend.«

Jetzt war Frieda wieder an der Reihe »In Ihrem Rechner und Ihrer Kamera haben wir etwa ein Dutzend Fotos von Vesna Horvat gefunden«, presste sie hervor.

Thommes zuckte nicht mit der Wimper. »Aber ich habe sie nicht ins Internet gestellt.«

»Wollen Sie dafür Pluspunkte?«

Thommes grinste. »Schlimmer geht immer.«

Frieda stieß Neugebauer mit dem Ellbogen in die Seite. So heftig, dass er »Autsch« rief.« Er rieb sich eine Rippe, ehe er seinen Part übernahm. Er schleuderte Thommes den Katalog an Vergehen um die Ohren.

»Die Leiche haben Sie zum Feuerwachturm geschleppt … schwacher Versuch, ihm die Finger anzuzünden, um ihn als Brandopfer oder Brandstifter aussehen zu lassen … Niko Horvat hat Sie wegen schwerer Körperverletzung und Vesna Horvat hat Sie wegen sexuellen Missbrauchs angezeigt.«

Thommes hatte keine Zeit zwischen den Vorwürfen auch nur ein Wort einzuwerfen, so schnell prasselten sie auf ihn nieder. Er saß da mit offenem Mund.

»Möchten Sie etwas dazu sagen?«, fragte Frieda.

Was, wenn er gewieft genug wäre, um zu wissen, dass sie noch keine Ergebnisse zu den DNA-Abgleichen haben konnten? Was, wenn er nicht auf die bewährte Verhörmethode – so tun als ob – hereinfiel? Dann würde sie ihn später festnageln, tröstete Frieda sich. Sie hatten ihn auf jeden Fall. Auf einen Tag kam es nicht an.

Aber Thommes' gerader Rücken knickte ein, wie in Zeitlupe, er starrte zwischen den Kommissaren hindurch, und seine Hände suchten Halt an der Tischplatte. »Tut mir echt leid, aber die Dinge haben sich irgendwie in die falsche Richtung entwickelt. Ich wollte das alles nicht. Eine Verkettung unglücklicher Umstände würde ich mal sagen. Das eine zog das andere nach sich.«

»Ach, Sie Armer«, höhnte Frieda. »Spekulieren Sie auf mildernde Umstände?«

»Im Prinzip, ja, oder? Ich habe das alles ja schließlich nicht geplant.«

»Aber Sie räumen es ein?«

»Nein, nicht alles! Wo denken Sie hin? Die Leiche habe ich nämlich nicht zum Feuerwachturm geschleppt.« Die Kommissare nickten ihm aufmunternd zu. »Ehrlich nicht. Das war ich nicht, das waren zwei Typen, die Richy Hagen mir empfohlen hat. Die müssen auch das mit den Brandwunden an den Fingern gemacht haben. Ich war das jedenfalls nicht.«

»Und wer ist dieser Richy Hagen?«

»Mein Geschäftspartner. Er und Schulze. Ein Geschäft wie meines kann man nämlich nicht allein durchziehen. Ich bin nur ein ganz kleines Rädchen und …«

»Namen, Anschrift, Telefonnummer!«, forderte Brummer ungerührt.

»Ihre Telefonnummern kann ich Ihnen geben. Die Anschriften habe ich nicht. Und von Schulze kenne ich nicht einmal den Vornamen, weil Diskretion …«

»Her mit den Nummern.« Brummer notierte die Telefonnummern. »Und die beiden Typen, die angeblich die Leiche zum Brandort geschleppt haben?«

»Der eine ist Bernd Klinkhammer.«

Die Kommissare trauten ihren Ohren nicht, als Thommes den Namen einer der Männer nannte, die sie auf dem Campingplatz in Urft an der Urft wegen versuchten Totschlags verhaftet hatten, der gerade ein Zimmer weiter von Roggenmeier und Wesseling verhört wurde und dessen steckbriefliches Foto samt persönlicher Daten und Vorstrafen sich in den Unterlagen befanden, die vor ihnen lagen.

Brummer fand dessen Biografie zuerst und hielt Thommes sein Foto entgegen. »Ist er das?«

Thommes nickte.

Die Gelegenheit schien günstig, Thommes war im Geständnis-Modus, so fragte Brummer ihn auch nach den anderen drei Campingplatz-Schlägern, aber deren Namen gab er vor, nie gehört zu haben.

Den Namen des zweiten Leichenbeseitigers wiederum, Max Döring, hatten die Kommissare noch nie gehört. Sie tauschten Blicke. Ein unausgesprochener, gemeinsamer Gedanke schien sich hinter ihren Stirnen zu entwickeln. Eine Hoffnung. War er der fünfte Mann?

»Richy hat gesagt, dass Klinkhammer und Döring was gegen Zigeuner haben«, sagte Thommes zufrieden.

»Roma«, verbesserte Brummer ihn und sprang auf. »Mir reicht's.«

Als Thommes schon glaubte, er habe es hinter sich und das Verhör sei beendet, hatte die Kommissarin noch eine Frage.

»Ach, da fällt mir ein, was hatten Sie mit den Metallringen vor, die Sie im Nebenraum angebracht haben?«

Thommes lächelte nachsichtig. »Die habe ich nicht angebracht. Sie sind da schon ewig. Da haben meine Eltern früher die Kühe drangebunden, wenn der Tierarzt sie untersuchte.«

Zweifelnde Blicke, obwohl die KTU keine frischen Spuren, keinen Abrieb und keine Fasern an den Ringen hatte finden können.

»Ihre Fantasie möchte ich haben«, höhnte Thommes.

»Vorsicht!«, mahnte Brummer und zog seine Augenbrauen zu schwarzen Balken zusammen.

»Er kann froh und dankbar sein, dass wir ihn nicht verprügeln dürfen«, sagte er, nachdem die Tür zum Verhörzimmer geschlossen war.

»Was eine Schande ist«, murmelte Frieda.

Draußen wollten Brummer und Neugebauer über Frieda herfallen, um sie wegen Sonjas illegaler Beschaffung eines Smartphones in die Zange zu nehmen, als sie Roggenmeier und Wesseling missmutig auf dem Flur herumstehen sahen. Frieda war erleichtert und rief von Weitem: »Waren Sie erfolgreich?«

Die SOKO FWT versammelte sich noch einmal.

»Die vier schieben alles dem fünften Mann in die Schuhe, der untertauchen konnte«, presste Roggenmeier wütend hervor. »Einem gewissen …«

»… einem gewissen Max Döring?«, ergänzte Frieda. Mehr als danebenliegen konnte sie nicht.

»Ja. Woher …?«

Brummer: »Treffer!«

Neugebauer: »Bingo!«

Roggenmeier und Wesseling machten verblüffte Gesichter.

»Max Döring war Ulrich Thommes behilflich, die Leiche von seinem Hof zum Brandort zu schleppen«, erklärte Frieda, »zusammen mit einem gewissen Bernd Klinkhammer.«

»Bernd Klinkhammer?« Roggenmeier und Wesseling unisono. Sie zeigten auf das Zimmer, aus dem sie gekommen waren. »Unserem Bernd Klinkhammer?«

Wieder verblüffte Gesichter. Ein Kreis schien sich zu schließen.

»Ansonsten hat Thommes alles gestanden, sogar die sexuellen Übergriffe«, sagte Frieda nicht ohne Stolz.

Roggenmeier nickte nachdenklich und streckte ihr seine Hand entgegen. »Respekt.« Mit seinem knochenbrecherischen Händedruck lobte er ihre Ermittlungsarbeit und versprach, sie höheren Ortes zu empfehlen.

Die Freude über den Augenblick währte nur kurz.

Denn Oberstaatsanwalt Wesseling legte eine Hand auf Friedas Schulter. »Wenn das Ihr Herr Vater erfährt, wird er stolz auf Sie sein.«

Mit diesem Satz rutschte er in ihrem Ansehen vom Erkenntnisstifter wieder zum Widersacher und damit auf den letzten Platz.

Der Rest war Routine.

Oberstaatsanwalt Wesseling übernahm das Zepter. Die vier Männer blieben in U-Haft, Max Döring wurde zur Fahndung ausgeschrieben, Richy Hagen und Schulze sollten aufgespürt werden und Ulrich Thommes wurde dem Haftrichter vorgeführt.

Erleichterung bei Kommissarin Frieda Stein, die sie am Abend mit Sonja Senger teilen konnte, so wie die Flasche Rotwein und den Gemüse-Nudel-Auflauf, dessen Käsehaube ein wenig zu braun geraten war.

Als alles gesagt war, machte Frieda es sich auf der Récamiere bequem, West rollte sich zu ihren Füßen zusammen und sie wünschten sich gegenseitig eine wohlverdiente gute Nacht ohne Feuersbrunst.

Vesnas Puppe saß im Ohrensessel. Die Haare, die ihr geblieben waren, standen wie Strohhalme von ihrem Kopf ab. Ihre Glasperlenaugen leuchteten.

Frieda zog sich die Decke über die Augen, um sie nicht sehen zu müssen.

Da wurde die Tür zur Wohnküche noch einmal geöffnet.

»Schön und gut«, rief Sonja herein. »Aber was ist mit dem Brandstifter?

»Wir gehen von einem technischen Defekt aus«, murmelte Frieda.

»Und der verkohlte Balken?«

»Ein Nebenschauplatz.«

»Ach, was!«

Epilog

Einen halben Monat später, am 3. Juli, betritt Frank Wernecke die Polizeibehörde Euskirchen, eine Art Schleuse, linker Hand hinter einer Sicherheitsscheibe mit Gegensprechanlage ist der Empfang eingerichtet. Zwei Polizisten sitzen an einem Schreibtisch. Zwei weitere lehnen an einem Regal. Sie unterhalten sich, sie lachen und trinken Kaffee.

Frank versucht, die Durchgangstür aufzustoßen, aber sie ist geschlossen.

Die Polizisten unterbrechen ihr Gespräch. Die Sprechanlage ertönt.

»Bitte sehr?«

»Ich möchte eine Aussage machen.« Sein Herz schlägt ihm bis zum Hals.

»Worum geht es denn?«

»Brandstiftung. Ich …« Seine Stimme bricht.

Einer der Polizisten greift zum Telefonhörer und sagt: »Warten Sie bitte einen Moment.«

Aber der Moment scheint ewig zu dauern, Frank verlässt der Mut, er gibt vor, draußen warten zu wollen, und stiehlt sich davon, zwischen den parkenden Polizeiwagen hindurch, an Beamten vorbei, und bleibt auch nicht stehen, als er hört, dass sich einer beschwert, den er angerempelt hat. Auf der Kölner Straße biegt er rechts ab und rennt weiter.

Vor sich selbst davon.

Marlies und er hatten in Wolfgarten ein Haus gekauft mit Blick auf den Feuerwachturm. Sie war schwanger geworden, und sie hatten sich einen Hund angeschafft. Aber dann sagte sie ihm eines Tages, das Kind sei nicht von ihm.

Eine Welt brach für Frank zusammen. Er verlor den Boden unter den Füßen.

Er sei ein Versager, sagte sie, als sie mit gepackten Koffern in der Haustür stand – nur vier Jahre nachdem sie ihm ewige Treue geschworen hatte, in guten wie in schlechten Zeiten, für immer. Oben auf dem Feuerwachturm, fünf Minuten nach Mitternacht, am 13. Juni 2012.

Dann war Frank allein in dem Haus und konnte den Anblick des Turmes nicht mehr ertragen. Aber er musste ihn jeden Tag ansehen, Tag für Tag, wenn er durch sein Schlafzimmerfenster blickte. Tausendmal betrachtete er die Fotos, die er an jenem Tag von sich und Marlies geschossen hatte, vom Ring an ihrem Finger, vom geschnitzten Herz in einem Balken. Wie glücklich sie damals waren! Und er hatte geglaubt, es sei für immer.

Es brauchte seine Zeit, bis Frank seinen inneren Schmerz nach außen kehren konnte, die Scham und die Schande, die Wut und die Trauer, und in eine zerstörerische Kraft umwandelte. Und er nur noch einen Gedanken denken konnte: Der Feuerwachturm musste verschwinden.

Aber die erhoffte Befreiung beim Blick aus dem Schlafzimmerfenster bleibt aus. Die Lücke, diese entsetzliche Lücke.

Aus der Presse erfährt er nach und nach, was er angerichtet hat. Und der Gang zur Polizei als Sühne für seine Tat wird zum letzten Ausweg. Er will endlich die Last loswerden, die tonnenschwer auf seinen Schultern ruht. Lieber will er eine Strafe verbüßen, als länger von Albträumen geplagt sein. Lieber in einer Zelle sitzen und durch ein vergittertes Fenster blicken als auf diese Lücke im Wald. Lebenslänglich, wenn es sein muss, denn sein Leben ist sowieso zu Ende.

Wochenlang braucht er für diesen Schritt – und nun hat er schon wieder kläglich versagt. Er ist und bliebt ein Versager. Marlies hat recht.

Aber dann, wie aus dem Nichts, regt sich in ihm ein Gedanke. Es ist noch nicht zu spät. Er muss kein Versager bleiben. Er kann immer noch zur Polizei gehen. Er kann … er kann … er muss es nur tun … jetzt!

Mit einem Ruck dreht er sich um und marschiert los, wild entschlossen. Nichts und niemand wird ihn davon abhalten, sein Leben zu ändern.

Eine Frau mit Kinderwagen, die ihm entgegenkommt, erschrickt und macht einen Bogen um ihn. So wie er im gleichen Moment einen Bogen um sie macht und vom Bürgersteig auf die Straße stolpert.

Der Lkw-Fahrer hat keine Chance auszuweichen.

KBV KRIMINALROMAN

Ingrid Davis

AACHENER GANGSTER

Taschenbuch, 416 Seiten
ISBN 978-3-95441-438-3
13,00 EURO

Leg dich nicht mit Sander an!

In der Gerüchteküche brodelt es: Zieht sich Fritz Schniedewitz wirklich zurück und verkauft seine Aachener Detektei an den Meistbietenden? Während Britta Sander und ihre Kollegen versuchen, dieses höchst persönliche Rätsel zu lösen, tritt der geheimnisvolle Kunst- und Antiquitätenhändler Tom Hartwig mit einem Auftrag an sie heran. Einer seiner engsten Mitarbeiter wurde bestialisch ermordet, und Hartwig – ein Mann mit dunkler Vergangenheit – will keine Polizei.

Britta schlägt alle Warnungen in den Wind und übernimmt den Fall, von dessen wahrer Natur ihr Partner, Kriminaloberkommissar Körber, keinesfalls erfahren darf. Auf der Suche nach dem brutalen Mörder wird sie immer tiefer in die gefährliche Welt des charismatischen Tom Hartwig hineingezogen, bis schließlich ihr eigenes Leben in höchster Gefahr ist.

»Eine Mordsgeschichte mit viel Humor«
(Aachener Zeitung zu »Aachener Todesreigen«)